Heike Fröhling

Liebe auf zwölf Pfoten

Erzählung

Bibliografische Information der Deutschen Nationalbibliothek: Die Deutsche Nationalbibliothek verzeichnet diese Publikation in der Deutschen Nationalbibliografie; detaillierte bibliografische Daten sind im Internet über http://dnb.dnb.de abrufbar.

© 2014 Heike Fröhling , www.auf-lose-blaetter.de

Lektorat: Klaus-Dieter Regenbrecht, www.kloy.de
Coverdesign: Traumstoff, Claudia Toman, http://traumstoff.at.vu/ und Heike Fröhling
Bildrechte Cover:
Hintergrund Zweige+Schnee: ©Butch-Fotolia.com
Vordergrund: Asleep kitten © 2002lubava1981 - Fotolia.com

Katzen-Silhouetten: ©rashadashurov - Fotolia.com

Herstellung und Verlag: BoD – Books on Demand, Norderstedt

ISBN: 9783735794680

1   *Katze Luna*

Der Schnee dämpfte die Schritte der vorbeilaufenden Frau. Trotzdem weckte mich das leise Knirschen unter ihren Turnschuhen. Ich kannte ihn schon, ihren traurigen Blick. Ihr Atem blies helle Wölkchen in die Morgendämmerung. Ihre blonden, kurzen Haare waren unter einer schwarzen Pudelmütze versteckt. Ich sah ihr zu, wie sie rannte, als wäre ein Rudel Hunde hinter ihr her. Sie hetzte um den Wasserturm, dann verschwand sie wieder in Richtung Stadt. Obwohl sie mich nie entdeckt, gestreichelt oder mir Futter gegeben hatte, mochte ich sie. Vielleicht war es die Melancholie, die uns verband. Auch ihren Geruch nach Vanille, der zu mir herüberwehte, liebte ich.

In unserem Unterschlupf unter den Abluft- und Heizungsrohren des Restaurants war es kalt wie jeden Morgen, bevor die Menschen kamen. Die Weiße und der Graue saugten an meinen Zitzen. Sie drückten mit ihren Pfoten gegen meinen Bauch, um die letzten Milchtropfen herauszubekommen.

Es fühlte sich an, als wären sie noch immer in mir und bewegten sich. Ich genoss das Gefühl, wenn sie laut schnurrend an mir lagen.

Die beiden Kleinen pressten sich enger an mich, als ich mich bewegte. Sie wussten, was nun anstand: Es war Zeit, einen Spaziergang zu machen, Nahrung zu besorgen. An diesem Tag würde das kein leichtes Unterfangen sein, denn der große, orangefarbene Wagen war am Vortag mit den orange gekleideten Männern gekommen. Ich hatte gefaucht, bis ich heiser war, ein sinnloser Versuch. Sie nahmen mir jedes Mal meine Tonnen weg, stahlen all die Leckereien, stellten die Tonnen anschließend wieder zurück. Und dabei waren gerade Hähnchenstücke frisch hinzugekommen, gut durchgebraten, wie ich sie am liebsten mochte. Gegen die Männer kam ich nicht an. Sie waren kräftiger als ich. Einen direkten Kampf wagte ich nicht, das Risiko war für die Weiße und den Grauen zu hoch. Sie brauchten eine gesunde Mutter, nicht eine, die humpelte und nicht mehr richtig springen konnte.

Zum Abschied wusch ich der Weißen und dem Grauen die Gesichter. Ich tat so, als hörte ich ihr klagendes Maunzen nicht, als ich ging. Was half es? Wenn ich nichts zum Essen besorgte, gab es für sie auch keine Milch. Bei meiner Rückkehr würden die Menschen längst wieder da, die beiden Kleinen unter der Wärme der Rohre eingeschlafen sein. Ein besseres Versteck gab es nicht.

Ich trat ins Freie und stutzte. Irgendetwas war anders als sonst. Zuerst wusste ich nicht, was es war. Ich drehte die Ohren in alle Richtungen, horchte. Es war leise, sehr leise. Das konnte doch nicht nur am Neuschnee liegen. Wo waren die Autos? Wo blieben die Hunde? Hatte das bisschen Schnee sie so verschreckt, dass sie sich nicht aus ihren Häusern trauten? Ich musste daran denken, wie ich den ersten Schnee in meinem Leben erlebt hatte. Die zwei Kinder hatten laut gequiekt beim Blick aus den Fenstern. Der Mann hatte für mich die Terrassentür geöffnet. Ich dachte, jemand hätte draußen einen Teppich ausgelegt. Als ich die Kälte und Weichheit unter meinen Pfoten spürte, zuckte ich zurück, flüchtete mich nach drinnen. Es war seltsam, erschreckend und eklig. Ich putzte mich ausgiebig, blickte durch die Fensterscheibe. Wie lange würde ich warten müssen, bis der Garten wieder wie vorher war? Ich harrte aus bis zum Mittag, bis zum Abend, doch der Teppich wurde dicker. Weiße Krümel fielen vom Himmel, ununterbrochen. Ich beobachtete vom Fensterbrett aus die Kinder, die auf der Straße herumtollten. Es schien ihnen jedenfalls zu gefallen. Der Mann und die Frau sprachen vom „Schnee". Was auch immer es war, eine Gefahr ging davon nicht aus. Sollte ich zulassen, dass der Schnee mir meinen Ausflug verdarb? Maunzend stellte ich mich an die Terrassentür und sofort kam der Mann und tat, was ich wollte. Ich konnte raus. Bei jedem Schritt sank ich ein. Zuerst war es noch unheimlich. Bald hatte ich entdeckt, was für wundervolle Spielmäuschen in die Luft flogen, wenn ich in den Schnee sprang. Es war ein Jagen nach Herzenslust gewesen, damals, als ich mich zum reinen Vergnügen auf Beutefang begeben hatte.

Waren die Menschen wie unerfahrene Kätzchen verschreckt von dem Schnee?

Ich reckte meine Nase hoch und schnupperte. Auch der Geruch war anders, es roch süß und warm. Plötzlich tauchten Bilder vor meinem inneren Auge auf. Wie konnte ich das alles nur vergessen haben? Waren die bunten Kugeln an dem Baum vor der Gastwirtschaft und die Lichterketten nicht ein untrügliches Zeichen gewesen? Weihnachten. Als ich mich an das Wort erinnerte, wusste ich, warum ich es verdrängt hatte. Es tat weh, daran zu denken. Vielleicht ging es der blonden Frau, die weglief, genau wie mir und sie hatte ihr Zuhause verloren. Ich stellte mir vor, die Flucht vor dem geschmückten Baum zu ergreifen, nie mehr wiederzukommen. Nur die Weiße und der Graue hielten mich davon ab. Dabei hatte es so voller Erwartungen begonnen, mein erstes Weihnachtsfest! Die Kinder hatten allmorgendlich aus kleinen Pappschächtelchen vor der Schule etwas zu essen geholt. Auch ich hatte jeden Morgen aus ähnlichen Pappschächtelchen ein Leckerli bekommen. Noch immer konnte ich, wenn ich die Augen schloss, die unterschiedlichen Geschmäcker auf der Zunge spüren: Truthahn, Rind, Huhn, Ente. Die Tage waren im Nachhinein wie ein Wunder gewesen. Nur war ich so dumm gewesen zu glauben, es würde bis zu meinem Tod so weitergehen. Als ob irgendjemand eine Garantie für irgendetwas hätte!

Ein Zurück gab es nicht. Zu viel Zeit hatte ich damit verbracht, dieses Zuhause wiederzufinden. Es war nur eine Erinnerung. Und das Leben war zu kurz, um in trüben Gedanken zu versinken. Nun, in meinem zweiten Lebensjahr, gab es die Weiße und den Grauen. Manchmal kam Antonio vorbei, wenn er eine Maus gefangen hatte, um sie mir zum Geschenk zu machen. Das war meine Familie, nicht die vier Menschen, die irgendwann ihre Koffer gepackt und mich in eine Kiste gesteckt hatten. Sie hatten von „Reise" gesprochen, was hieß, dass sie mich in dem Karton nach einer fürchterlich langen Autofahrt abgesetzt hatten, um allein weiterzufahren.

Ich schüttelte Schneeflocken aus meinem Fell. Es war, als würde sich gleichzeitig auch ein Stück Erinnerung von mir lösen. Es war Zeit für die Mäusejagd!

Die Rohre, die den Nistplatz umgaben, waren bei meiner Rückkehr noch immer kalt. Die Menschen würden kommen, beruhigte ich mich, an diesem Tag wegen des Schnees nur etwas später als gewöhnlich. Die Weiße und der Graue zitterten und kauerten sich dicht an mich. Ihre Mäulchen umschlossen meine Zitzen. Sie saugten mit aller Kraft, drückten mit den Pfoten gegen den Bauch, bis ich sie wegstieß. Sie taten mir weh! Und ich konnte sie nicht sättigen, weil ich nichts gefangen hatte. Der lange Weg über die Felder durch den Schnee hatte mich erschöpft. Wie die Menschen waren auch die Mäuse verschwunden.

Ich putzte die Gesichter und Hälse der Kleinen, kitzelte sie mit meiner Zunge innen am Ohr, wo sie es am liebsten mochten. Das besänftigte sie. Sie nickten ein, eng an mich gekuschelt. Währenddessen horchte ich unentwegt auf Motorengeräusche, auf Stimmen, die die Ankunft der Menschen ankündigten. Irgendwann kamen Spaziergänger vorbei mit Hunden, Kinder zogen Plastikschalen hinter sich her. Doch das Restaurant lag weiterhin verlassen da. Aus der Küche wehte kein Fleischgeruch.

Schon bevor die Weiße und der Graue aufwachten, hörte ich das Gluckern in ihren Bäuchen. Während sie träumten, leckten sie sich die Mäuler und schmatzten. Als die Abendsonne hinter den Wipfeln verschwand, öffneten sie die Augen. Sie fiepten und maunzten wie Neugeborene, dass sich mein Magen zusammenkrampfte. Ich hätte für sie gegen zehn Hunde gekämpft. Alles hätte ich getan, damit ihre Klagelaute verstummten. Wieder fing ich an, sie zu putzen. Dass ihr Wehklagen abebbte, beruhigte mich nicht, im Gegenteil. Sie zitterten vor Kälte, hatten kaum mehr Kraft.

Bald würde ich zurück sein und viel Milch geben können, versprach ich und dachte dabei an die Häuser in der Nähe. Die Mülltonnen dort waren bestimmt bis zum Rand gefüllt. Auch wenn die Speisereste nicht so schmackhaft und reichhaltig sein würden wie diejenigen in der Restauranttonne, so reichte es, um satt zu werden. Zum Abschied stupste ich ihre Wangen.

Zuerst lief ich zügig auf das Wohngebiet zu, dann verlangsamte ich meinen Schritt. Ich war schon so nah dran, dass ich durch die Fenster die Räume erkennen konnte. Es roch nach Feuer, doch nirgends sah ich Flammen. Vor allem witterte ich Menschen, Männer und Frauen, Kinder, die immer etwas Süßliches an sich hatten. Jederzeit war es möglich, dass jemand aus den Häusern kam. Ich pirschte mich unter ein Auto und schlich näher, Schritt für Schritt auf der Hut vor einer ungeahnten Gefahr.

2   *Christina*

Wie Christina die Unruhe hasste, von der sie regelmäßig während der Schulferien gepackt wurde. Die langen, dunklen Abende waren am schwersten zu ertragen. Sie hatte sich vorgenommen, endlich einmal all die Zeitschriften zu lesen, die sich im Wohnzimmer angehäuft hatten. Musste es nicht möglich sein, die Ferienzeit zu genießen? Sie sah von den Modeseiten auf, hin zu den Weihnachtsgrüßen an der Wand, gemalt und geschrieben von ihren Viertklässlern. „Für Frau Lehner", „für die beste Lehrerin der Welt", stand darauf. Dann schweifte ihr Blick zum Telefon, das nicht läutete, und weiter in Richtung Eingangstür, durch die Philipp nicht mehr hereinkommen würde. Sie lenkte ihre Konzentration auf die Zeitschrift zurück, die aufgeschlagen auf ihren Oberschenkeln lag. Sekunden später waren ihre Gedanken zu Philipp zurückgekehrt. Ihn interessierte es nicht im geringsten, wie sie sich fühlte. Er hatte seinen Spaß mit Marlene. Und

Marlene hatte sich auch nicht wieder gemeldet, seit sie mit Philipp zusammengezogen war. Sie knallte die Zeitschrift auf den Wohnzimmertisch. Sollte sie versuchen, noch einen Last Minute Urlaub zu buchen? Oder direkt packen und zum Flughafen fahren? War eine Nacht am Terminal nicht besser, als zu Hause erfolglos das Gedankenkreisen zu bekämpfen? In ihrer Fantasie rief sie Philipp an, um ihm zu sagen, was für ein Idiot er war.

Sie stand auf, lief auf und ab. Es gab drei Möglichkeiten: Wenn sie nichts unternahm, würde sie irgendwann zum Telefon greifen und sich lächerlich machen. Oder sie schnitt das Telefonkabel durch, spülte die SIM-Karte aus dem Handy die Toilette hinunter. Oder sie verließ sofort die Wohnung. Sie entschied sich für die letzte Variante. Im Flur zog sie ihre Joggingschuhe und Jacke an, streifte sich Mütze und Handschuhe über und trat ins Freie.

„Antonio", rief eine Männerstimme. „Antonio!"

Wer Antonio auch war, ein Hund, eine Katze oder ein Kind, er schien nicht zu reagieren.

„Antonio! Antonio!"

Winterluft strömte in ihre Lunge. Schneeflocken schmolzen auf ihrem Gesicht, tanzten im Schein ihrer Stirnlampe. Ihr Atem floss gleichmäßiger und die Gedanken kamen zur Ruhe. Sie liebte das Gefühl, als bewegten sich die Beine ohne ihr Zutun, als schwebte ihr Körper. Üblicherweise waren um den Wasserturm die Geräusche der Stadt wie ein Grollen zu hören. An diesem Abend war es viel stiller als an anderen Tagen. Der Schnee schluckte den Schall, nur unter ihren Schuhen knirschte es bei jedem Auftreten. Kein Auto fuhr über die Bundesstraße. Es war, als wäre die Welt zum Stillstand gekommen. Sie verlangsamte ihren Lauf, wechselte in einen gemächlichen Schritt, um die Umgebung intensiver wahrzunehmen. Sie blickte zum italienischen Restaurant, wo in einem Fenster eine bunte Lichterkette leuchtete. Niemand war dort. Trotzdem fühlte es sich an, als wäre sie nicht allein, als schaute ihr jemand zu. Zuerst kam ihr ein Engel in den Sinn, der auf sie aufpasste. Dann schob sie den Gedanken beiseite. Etwas Weihnachtsschmuck, das Wissen, dass am nächsten Tag Heiligabend war, reichten aus, um sie sentimental werden zu lassen! Sie schüttelte den Kopf. Diesmal wollte sie all den Kitsch von sich fernhalten. Abgesehen davon glaubte sie nicht an himmlische Wesen.

Sie sah sich wieder um. Ihre Stirnlampe warf einen scharf abgegrenzten, hellen Kegel über die weiße Landschaft. Kein Mensch und kein Tier waren zu sehen. Die Bäume zeichneten sich als dunkle Schatten ab. Entgegen aller Vernunft blieb das Gefühl, jemand warte auf sie, würde aus der Ferne über sie wachen.

Sie näherte sich den Häusern. Im Laufen zog sie den Schlüsselbund hervor.

Die Heizungsluft, die ihr im Flur wie eine überhitzte Wolke entgegenschlug, brannte im ersten Augenblick auf ihren Wangen. Sie würde sich eine heiße Schokolade und anschließend ein Bad gönnen. Und dann auf dem Sofa in eine Decke gewickelt das alte Video „Vom Winde verweht" ansehen. Philipp hatte den Film nie gemocht und sie wusste nicht, wann sie zum letzten Mal einen ruhigen Fernsehabend verbracht hatte. Es gab so viele Möglichkeiten, die Ferien angenehm zu gestalten.

Während sie Kakao trank, schrieb sie eine Liste mit all den Dingen, die sie zu lange aufgeschoben hatte. Was auch immer auf dem Weg um den Wasserturm geschehen war, sie fühlte sich nicht mehr allein. Das Bedürfnis, Philipp anzurufen und zur Rede zu stellen, war verschwunden. Sollte er doch tun, was er wollte!

3   *Katze Luna*

„Antonio", hörte ich den Farbenmann rufen, bei dem Antonio wohnte. Antonio war weg. Wusste der Farbenmann das nicht? Ich hatte auch schon nach dem Kater gesucht, vergeblich. Dieser verdammte Antonio. Wenn ich ihn dringend brauchte, war er verschwunden! Trotzdem ließ mich die Stimme des Mannes ruhiger atmen. Antonio war wirklich nicht da und ich musste mich nicht länger mit der Vorstellung plagen, er läge mit rundem, vollen Bauch an der Heizung und war nur zu faul und zu gleichgültig, um nach seinen Kindern zu sehen. Wäre er in der Nähe, würde er für uns jagen. Er war kräftiger als ich und geschickter. Bestimmt konnte er sogar unter der Schneedecke etwas Essbares auftreiben.

Bald wusste ich nicht mehr, wie viele Tonnen ich kontrolliert hatte. Waren es zwanzig oder fünfzig? Keine Einzige war gefüllt. Als ich langsam begriff, dass ich keine Chance hatte, sah ich, wie die Frau aus einem der Häuser kam, die Frau, die so gut nach Vanille duftete. Dort wohnte sie also, ganz dicht an den Feldern. Ihre Stirnlampe blendete, warf einen kalten Schein auf den Schnee. Sie rannte los und ich folgte ihr um den Wasserturm. Anfangs nahm ich an ihr den unverkennbaren Duft nach vergorenem Apfel wahr. Sie war wütend. Dann, als sie sich gemächlicher voranbewegte, überwog wieder der Vanillegeruch. Sie blieb stehen, drehte den Kopf in meine Richtung. Der Lichtkegel streifte mich, ich hastete hinter einen Baumstamm. Ahnte sie, dass ich da war? Hatte sie mich gewittert? Wartete sie darauf, dass ich hervorkam?

Ich beobachtete sie. Als sie weitertrabte, ließ ich einen größeren Abstand zwischen uns und stellte mir vor, auf sie zuzugehen, um sie um Hilfe zu bitten. Wenigstens etwas Milch und Wurst musste sie übrig haben. Doch bevor ich mich entscheiden konnte, war sie wieder in ihrem Haus verschwunden. Ich schlich zur Haustür, daran vorbei, weiter die Wand entlang. Dann entdeckte ich das gekippte Kellerfenster, aus dem ein Schlauch ins Freie ging, aus dem ein heißer Luftstrom blies. Im Keller dröhnte eine Maschine so laut, dass sich meine Haare aufstellten. Ich unterdrückte meine Fluchtgedanken und blickte auf das Fenster. Ohne zu probieren wusste ich, dass ich mich zwischen Schlauch, Wand und Scheibe ins Innere zwängen konnte. Ich schluckte, putzte meine Pfoten, bis mein Herz sich beruhigt hatte.

Schließlich gab ich mir einen Ruck. Innen war es warm. Und dort musste es Nahrung geben.

4   *Christina*

Christina dachte an die Joggingschuhe, die noch vor der Wohnungstür lagen. Bevor jemand darüber stolperte, mussten die Schuhe aus dem Treppenhaus verschwinden. Sie zog sich eine Strickjacke über, dann öffnete sie die Flurtür. Neben den Sportschuhen hatte sich auf den Fliesen eine Wasserlache gebildet, so groß, dass der Boden bis zur Treppe nass war. Sie rümpfte die Nase. Es roch nach einem alten, feuchten Lodenmantel. Sie erinnerte sich an die Lodenjacke, die sie als Kind hatte anziehen müssen. Wie ekelig der vollgeregnete Wollstoff gewesen war, besonders, wenn sie ihn auf dem Nachhauseweg von der Schule schwer und kalt auf ihrer Schulter gespürt hatte. Wie konnte jemand nur freiwillig in ein ein solches Kleidungsstück schlüpfen, wenn es Kunstfaserjacken gab? Oder kam der Gestank von ihren Turnschuhen? Zur Sicherheit würde sie die Schuhe direkt in den Keller bringen und waschen. Sie blickte sich um. Niemand war zu sehen. Sie schlüpfte in ihre Pantoffeln, nahm die Joggingschuhe und eilte los. Für den kurzen Zeitraum konnte die Wohnungstür ruhig offen stehen. Sie durfte nur nicht vergessen, auf dem Rückweg das Putzzeug wegzuräumen.

Eine Viertelstunde später ließ sich sie aufs Sofa fallen, wickelte sich in eine Decke ein. Die Turnschuhe waren in der Waschmaschine, der Flur wieder sauber. Jetzt war es an der Zeit, sich zu entspannen. Sie goss sich ein Glas Rotwein ein, zog die Fernbedienungen zu sich heran, schaltete Fernseher und Videorekorder ein. Für einen Moment hielt sie inne. Der Geruch nach nasser, alter Wolle war nun auch im Wohnzimmer wahrnehmbar. Vom abendlichen Laufen waren ihre Muskeln müde und entspannt. Sie wollte nicht noch einmal aufstehen, erst recht nicht durch ein Lüften das Zimmer auskühlen. Entspannt lehnte sie sich zurück, streckte die Füße auf den Tisch. Der Rotwein schmeckte rund und weich. Sie schloss die Augen. Viel zu selten hatte sie auf dem Sofa gesessen und den Tag ruhig ausklingen lassen. Warum nur? Plötzlich wusste sie selbst nicht mehr, warum sie Philipp immer gedrängt hatte, in der gemeinsamen Freizeit etwas zu unternehmen, warum sie lieber in seiner als in ihrer eigenen Wohnung gewesen war. Wieder fühlte es sich an, als wäre sie nicht allein. Sie sah sich um. Da war niemand außer ihr und auf dem Bildschirm Vivien

Leigh neben Clark Gable. Doch das Gefühl verschwand nicht.

Katze Luna

Meine Gedanken waren unentwegt bei der Weißen und dem Grauen. So lange hatte ich sie noch nie allein gelassen. Und das in der Kälte!

Über mir knarrte der Lattenrost.

„So ein Gestank! Das darf ja wohl nicht wahr sein!" Sie führte Selbstgespräche. Deckenrascheln und schweres Atmen wurden von dem Husten der Frau abgelöst. Das Licht ging an. Ich blinzelte, sah ihre Füße neben dem Bett auftauchen, wie sich die Frau anschließend durch den Raum bewegte in Richtung des Fensters. Dann hörte ich ein leises Klacken. Frische Nachtluft wehte in mein Versteck. Wieder knarrte der Lattenrost. Bald wurde ihr Atemrhythmus langsamer und gleichmäßiger. Sie war bei geöffnetem Fenster und eingeschaltetem Deckenlicht eingeschlafen. Ich rannte los, über den Balkon auf den Hinterhof, unter dem Tor hindurch auf die Straße.

Mein Bauch grummelte von der üppigen Mahlzeit, die ich in der Küche gefunden hatte:

Nudeln mit Hackfleischsoße. Sonst achtete ich immer darauf, dass ich nur das Fleisch herauspickte, doch meine Gier war zu groß gewesen und die Soße allein zu wenig, um davon satt zu werden.

So schnell ich konnte, sprang ich über die schneebedeckten Wiesen zu meinem Nistplatz. Kein Laut war von dort zu hören. Ich zwängte mich durch das Eingangsloch und musste mit den Hinterläufen fest drücken, um meinen dicken Leib vorwärts zu schieben. Das Metall über mir riss Fell von meinem Rücken. Ich schrie auf. Die Weiße und der Graue wachten auf, maunzten mich an. Sofort sank ich neben sie. Ohne Zeit für eine Begrüßung zu verschwenden, begannen sie zu trinken. Ihre Nasen waren kalt. Nun zahlte es sich aus, dass ich bei der Frau alles Essbare vertilgt und keine Reste übrig gelassen hatte. Die beiden schienen sich nicht an meinem seltsamen Geruch zu stören. Registrierten sie überhaupt, dass ich in einem Menschenhaus gewesen war? Sie schnurrten kräftig wie nie zuvor. Freiwillig ließen sie meine Zitzen nicht los, irgendwann stieß ich sie weg. Wir hatten noch viel vor. Jederzeit konnte die Frau aufwachen und das Fenster wieder schließen. Die Weiße und der Graue sahen mich mit ihren großen, blauen Augen verwundert an. Die Weiße wimmerte. Wie ich ihr das nur antun konnte? Sie wollte schlafen und nicht gestört werden.

Ich schob sie vorwärts, doch beide ließen sich einfach fallen, streckten mir ihre Bäuche entgegen, damit ich darüberleckte.

Diesmal mussten die Streicheleinheiten und die Körperpflege ausfallen. Wir hatten es eilig!

Anstatt sich aufzurichten, strampelten sie in der Luft.

Ich stieß sie an, ermahnte sie. Los! Auf!

Sie begriffen nicht, was ich wollte. Hatte ich selbst ihnen nicht beigebracht, dass es in diesen Nächten das Wichtigste war, sich in der Höhle gegen die Kälte zusammenzukauern? Die Weiße sah mich herausfordernd an, während der Graue verunsichert blinzelte.

Die Zeit war knapp! Wenn sie nicht freiwillig folgten, musste ich sie eben tragen. Zuerst packte ich den Grauen im Nacken, schleppte ihn über die schneebedeckten Wiesen. Mit dem Grauen im Maul kam ich langsamer vorwärts als gedacht. Er war schwer geworden, gab keinen Laut von sich. Bald erreichten wir das Tor, ich schlüpfte mit ihm auf den Hinterhof, über den Balkon ins Innere der Wohnung. Die Frau schlief noch immer. Inzwischen war es im Schlafzimmer so kalt wie draußen. Ich schob den Grauen in die hinterste Ecke unter das Bett, brachte ihm ein Kissen und eine Strickjacke. Er war groß genug, um sich den Stoff selbst zurechtzuzurren. Er war so verschüchtert, dass er auch ohne meine Kontrolle still unter dem Bett sitzen bleiben würde.

Ich rannte schneller als je zuvor in meinem Leben, bis die Lunge brannte und meine Seiten stachen. Am liebsten hätte ich mich neben die Weiße fallengelassen. Mein Herz schlug, als wollte es den Brustkorb von innen heraus sprengen.

Los!

Ich packte die Weiße. Sie riss die Augen auf, starrte mich an. Ich durfte nicht innehalten, um von der Erschöpfung nicht überwältigt zu werden.

Wie ich den Weg überstanden hatte, wusste ich im Nachhinein nicht mehr. Ich kam so erschöpft an, dass mir die Beine wegknickten, als ich die Weiße unter das Bett schob. Der Graue hatte sich auf der Strickjacke zusammengerollt und war eingeschlafen. Die Weiße kroch neben ihn, ich legte mich zwischen die beiden. Meine Körperwärme war für uns alle wie eine Heizung. Die Übelkeit ließ nur langsam nach. Doch das war egal. Wir hatten ein neues Zuhause!

6   *Christina*

Beim ersten morgendlichen Blick auf die Uhr dachte sie an einen Irrtum. Neun Uhr, das konnte nicht sein! Seit ihrer Kindheit war Christina eine Wenigschläferin gewesen. Nie hatte sie länger als bis halb sieben im Bett gelegen.

Sie klopfte auf das Zifferblatt, schüttelte den Wecker. Dann klappte sie ihr Handy auf. Die Zeit war korrekt. Sie fühlte sich, als hätte sie einen Urlaub hinter sich. Vielleicht sollte sie regelmäßig bei geöffnetem Fenster schlafen? Durch das hohe, verschlossene Hoftor würde kein Einbrecher gelangen. Sie zog die Decke bis zum Kinn. Die Heizdecke wärmte ihren gesamten Körper von den Füßen ausgehend.

Irgendwann stand sie auf, um das Fenster zu schließen, anschließend legte sie sich noch einmal hin und nickte wieder ein. Wie war es nur möglich, dass sich ihr Leben plötzlich so gemächlich und vollständig anfühlte? Sie kannte sich selbst nicht wieder. Mit ihrer Hektik mache sie ihn nervös, hatte Philipp ihr unzählige Male vorgeworfen. An diesem Tag blieb sogar die Wut aus, wenn sie daran dachte.

Bald spürte sie, wie trocken ihr Mund war. Ihr Magen knurrte. Doch bevor sie frühstückte, wollte sie sich eine ausgiebige Dusche gönnen. Auf dem Weg zum Badezimmer schweifte ihr Blick in die Küche. Der Inhalt des Mülleimers war über den Boden verteilt, als hätte jemand darin herumgewühlt. Der Eimer musste umgekippt und weitergerollt sein, während die Essensreste und Gemüseschalen langsam herausgerutscht waren, überlegte sie und griff zum Kehrblech. Die Putzutensilien standen vom Vorabend noch in der Ecke.

Als der Fußboden wieder sauber war, duschte sie, bis sich unter der prasselnden Wärme ihre vom Joggen ziehenden Muskeln entspannten. Der Spiegel und die Fliesen waren beschlagen, Dampfschwaden füllten den Raum. Sie ging in die Küche. Als der Tisch gedeckt war, läutete das Telefon.

„Christina? Ich bin es, Philipp."

Sie schluckte. Ihr Hals fühlte sich mit einem Mal noch trockener an. Sie wusste nicht, was sie sagen sollte.

„Du hast noch viele CDs von mir, auch Bücher", sagte er. „Und die Plätzchenförmchen."

„Ich frühstücke in Ruhe, mache meine Runde um den Wasserturm. Anschließend kümmere ich mich drum. Okay?"

„Wir wollten heute am Morgen backen. Ich kann vorbeikommen und mir den Kram zusammensuchen."

Sie zuckte bei dem Wort „wir" zusammen. „Du durchwühlst nicht meine Wohnung!" Ihr Atem beschleunigte sich. „Ich packe alles in Kisten. Die stelle ich in den Hof." Sie verabschiedete sich und sank auf ihren Stuhl zurück. Anstatt zu essen, ordnete sie den Aufschnitt symmetrisch auf einen Teller, links die Wurst, rechts den Käse, bis sich eine Sternform ergab. Dann stützte sie den Kopf auf und vergrub das Gesicht in den Händen. Wie schaffte er es nur jedes Mal, sie aus der Fassung zu bringen? Sie wählte seine Handynummer. Am Festnetzanschluss würde Marlene abheben. Das hätte ihr noch gefehlt!

Das Freizeichen ertönte. „Ich bin in ein paar Sekunden auf dem Weg zu dir", meldete sich Philipp.

„Jetzt nicht. Ich will mich heute nicht hetzen. Zuerst in Ruhe frühstücken. In einer Stunde habe ich alles rausgesucht."

„Du bist doch sonst eine Frühaufsteherin!"

Sie hörte ein Beben in seiner Stimme. Er war verunsichert. Sie schmunzelte bei dem Gedanken, dass er bestimmt einen anderen Mann für den Auslöser hielt. „Zeiten ändern sich", sagte sie.

„Ich habe hier schon den fertigen Teig stehen. Erst dann gemerkt, dass die Förmchen nicht da sind. Jetzt zu warten wäre einfach blöd. Und Marlene hat sich die Plätzchen so sehr gewünscht. Heißhungerattacken. Seit sie schwanger ist, kann sie Berge vertilgen."

„Seit wann willst du ein Kind?" Sie dachte an all die Diskussionen, die sie mit Philipp über das Thema geführt hatte. Er sei „noch nicht dazu bereit", fühlte sich „nicht reif genug", hatte er mantraähnlich wiederholt. Sie stellte sich vor, die Marmelade über seinem Kopf auszuschütten. „Schwanger", klang es wie ein Echo in ihr nach.

„Kann ich nicht vorbeikommen und die Sachen holen?", fragte er.

„Ach ja, für Marlene musst du ja ganz schnell springen!" Sie versuchte, ruhig zu bleiben. „Warum musst du mich immer verletzen? Dir geht es gar nicht um die blöden Förmchen, sondern mir eins reinzuwürgen   mit   deiner Schwangerschaftsmitteilung. Warum leihst du dir keine Förmchen von den Nachbarn? Fehlen dir die zwei Euro, um neue zu kaufen? Oder soll ich dir die paar Euro überweisen, wenn dir nach dem Shopping mit Marlene kein Geld mehr für Förmchen bleibt? Macht es dir Spaß, auf mich draufzuhauen? Marlene ist schwanger. Ich habe es kapiert. Herzlichen Glückwunsch. Deinen Mist stelle ich raus. Sofort. Ich will ihn sowieso nicht mehr in meiner Wohnung sehen. Und wag es nicht, hier noch ein einziges Mal anzurufen! Schreib einen Brief, wenn was Wichtiges ist!" Sie legte auf, knallte das Telefon auf den Tisch und holte eine Packung mit schwarzen Schwerlastsäcken aus der Schublade.

Innerhalb von wenigen Minuten hatte sie alles hineingeworfen, was Philipp gehörte und die Dinge, die er ihr geschenkt hatte. Sie stellte die drei Säcke in den Hof. Die Räume sahen aus, als wären sie von Einbrechern durchwühlt worden. Nun war ihr der Appetit vergangen. Sie ging in die Küche, um die Nahrungsmittel wegzuräumen, dann sah sie die Aufschnittplatte. Der Teller war vollständig leer.

7   *Katze Luna*

Nach ihrer Mahlzeit leckten sich die Weiße und der Graue lange über die Mäuler. Ihr Schnurren verband sich mit dem Gluckern des Heizkörpers zu einem gleichmäßigen Rhythmus. Die Frau bemerkte die leisen Wohllaute nicht, auch nicht, dass der Aufschnitt verschwunden war. Sie schleppte eilig Gegenstände durch ihre Wohnung. Vorsichtig lugte ich aus meinem Versteck hervor. Zuerst dachte ich, sie wollte Ordnung schaffen, bis ich sah, was sie mit dem Inhalt ihres Regals anstellte: Sie warf alles in Säcke, die sie wegbrachte. Anschließend standen die Kristallfigürchen durcheinander, waren teilweise umgekippt, Bücher und Ordner lagen auf Stapeln, so schief, dass jederzeit etwas umfallen konnte. Von der Heizung wehte Wärme herüber, breitete sich wie eine Decke über mich. Noch immer spürte ich dem Geschmack von Wurst und Käse nach. Der gefüllte Magen ließ meine Lider schwer werden. Mein gesamter Körper prickelte vor Müdigkeit. Ich drehte mich um, kroch tiefer unter das Bett und sank neben die Kleinen. Der Graue lag abseits von uns, seine Pfoten zuckten im Schlaf.

Die Weiße sah mit weit geöffneten Augen zu mir. Ihre Ohren waren auf mich gerichtet. Würde sie nie Ruhe geben und wenigstens für einen Moment ihre Spielgedanken vergessen? Irgendwann würde ihre Neugier ihr noch zum Verhängnis werden. Ich legte meine Tatze über ihren Nacken und ließ meinen Kopf auf ihren Rücken sinken. So konnte sie nicht unbemerkt entkommen. Irgendwo in der Ferne setzte ein fürchterlich lautes Geräusch ein. Bei der Weißen und mir stellten sich alle Haare auf, während die Frau begann, gegen das geschlossene Fenster zu hämmern.

„Aufhören! Das darf doch nicht wahr sein. Und das am Heiligabend!" Den Rest ihrer Worte hörte ich nur noch im Halbschlaf, dann schlossen sich trotz des Lärms meine Lider. Es fühlte sich an, als fiele all die Anspannung des vergangenen Jahres mit einem Mal von mir ab. Hier gab es keine Hunde, die uns aufspüren konnten, keine anderen Katzen, die mit diesen Platz streitig machten. Meine Mahlzeiten waren mindestens so reichhaltig wie im Restaurant. Die Wärme strömte über mich und durchflutete meinen Körper. War das Realität oder träumte ich nur?

Ich wachte von dem Schlag auf, mit dem mein Kopf auf dem Boden auftraf. Zuerst wusste ich nicht, wo ich war, wunderte mich über die Stille, den ungewohnten Geruch. Bald begriff ich und hielt den Atem an. Die Weiße war weg! Immer wieder schaute ich mich um, kroch unter dem Bett hervor. Nichts. Das durfte doch nicht wahr sein! Der Graue schlief auf der roten Strickjacke so tief, dass ich es mir sparen konnte, die Erklärung bei ihm zu suchen. Zum Glück war auch die Frau verschwunden, so dass ich die Wohnung in Ruhe inspizieren konnte. Als ich im Flur angelangt war, setzte draußen das metallische Kreischen erneut ein, wurde nur von kurzem Hämmern unterbrochen. Reflexartig flüchtete ich unter den Schuhschrank. Und dann sah ich die Weiße, wie sie so schnell an mir vorbeirannte, dass sie auf dem glatten Boden die Kurve zum Wohnzimmer nicht schaffte. Mit ausgestreckten Pfoten rutschte sie in Richtung der Eingangstür weiter. Nun war alles wieder still, genauso plötzlich, wie der Lärm eingesetzt hatte.

Die Weiße blickte mir direkt in die Augen, maunzte auffordernd und rannte seitlich mit gesträubtem Fell und buschigem Schwanz auf mich zu. Sie knurrte wie ein Hund, gurrte wie eine Taube. Ich sollte mit ihr spielen? War sie durchgedreht? Mein Versuch, sie im Nacken zu packen, ging ins Leere. Dieses Biest! Ihr war es gleichgültig, in welche Gefahr sie sich selbst und unsere gesamte Familie brachte. Die Weiße stürzte sich auf den Läufer im Wohnzimmer, biss hinein, ließ sich auf den Rücken fallen und robbte am

Teppichrand entlang, während sie immer wieder zubiss.

Schluss! Ich stieß sie in Richtung des Schlafzimmers, wo sie hingehörte. Im Vergleich zu der engen Höhle am Restaurant war diese Wohnung ein traumhafter Spielplatz für sie. Erst beim fünften Zupacken erwischte ich sie. Ihr Quietschen löste bei mir kein Bedauern aus. Sie konnte froh sein, dass ich sie nicht durchschüttelte. Unter den geweiteten Augen des Grauen zerrte ich seine Schwester unter den Lattenrost zurück, dann lockte ich den Grauen. Auch er hatte das Versteck verlassen. Auf dem Bett war für ihn ein interessanter Aussichtspunkt, doch dort war es mindestens genauso gefährlich wie im Wohnzimmer. Die Frau würde ihn bei ihrer Rückkehr entdecken.

Komm, mein Kleiner!

Über mir war keine Bewegung auf der Matratze zu hören. Was war nur los mit den beiden?

Auch meinen zweiten Ruf ignorierte er, was er nie zuvor getan hatte. Drohend warf ich der Weißen einen Blick zu. Sie schien mich verstanden zu haben und kauerte sich in die Ecke zwischen die Kissen. Nervös kam ich unter dem Lattenrost hervor. Mit einem Sprung erwischte ich ihn. Sofort ließ der Graue sich hängen, sein Körper entspannte sich vollständig. Ich hätte mit fünf Kindern seines Charakters fertig werden können, während ein Doppelpack von der Weißen ein reiner Alptraum gewesen wäre. Noch bevor ich den Grauen absetzen konnte, flitzte die Weiße an mir vorbei. Jagt mich! Spiel mit mir! Die Aufforderung sprach aus jeder ihrer Bewegungen. Diesmal würde ich nicht so vorsichtig mit ihr umgehen! Im Wohnzimmer war sie dann verschwunden. Ich hatte sie zuletzt hinter der Couch gehört. Dort war sie nicht mehr. Unvermittelt spürte ich ihre Krallen im Nacken. Es war, als hätte sie nur darauf gewartet, endlich ihre Kraft und Geschicklichkeit zu zeigen, mich damit zu beeindrucken. Wollte sie ein Kräftemessen? Bitte schön! Ich sprang ihr nach, erwischte sie, doch schon war sie wieder weg, mir entglitten wie ein nasser Fisch im Wasser. Hinter mir hörte ich ein Splittern. Der Graue saß im Wohnzimmerschrank und starrte auf die Vase, die er umgestoßen hatte.

Zuerst war ich mir nicht sicher, ob ich mich verhört hatte. Näherte sich die Frau? Der Knall, mit dem die Haustür zufiel, und das metallische Geräusch des Schlüssels in der Wohnungstür waren unverkennbar. Auch die Weiße und der Graue hielten inne. Ich brauchte ihnen nicht zu erklären, was uns bevorstand. Nie zuvor hatten sie sich so schnell in Bewegung gesetzt. Noch bevor die Tür aufschwang und mich der kühle Luftzug aus dem Flur erreichte, waren die beiden unter dem Bett verschwunden. Ich tat es ihnen gleich. Zitternd kauerten sie in der hintersten Ecke, die Augen weit geöffnet, die Nase hochgereckt.

„Das darf nicht wahr sein!", klang es aus dem Wohnzimmer.

Ich lugte aus unserem Versteck hervor, beobachtete, wie die Frau die Scherben der Vase zusammenschob und wegtrug, anschließend mit dem Staubsauger zurückkam. Alle meine Muskeln spannten sich ohne mein Zutun an, um mich auf das vorzubereiten, was zwangsläufig folgte: Diese Mischung aus Brummen, Pfeifen, Kreischen und Scheppern, wenn das Porzellan im Inneren des Geräts landete, nahm mir den Atem, auch wenn ich mir sagte, dass es harmlos war. Daran konnte ich mich noch zu gut erinnern aus der Zeit, als ich noch in der Familie mit den Kindern gelebt hatte. Meine Kleinen schrien auf, doch ihr Wehklagen ging im Lärm unter. Sie kauerten sich so dicht aneinander, dass sich kaum unterscheiden ließ, wo der eine Körper begann und der andere endete.

Als es wieder ruhig war, zitterten die beiden noch immer. Am liebsten hätte ich sie mit meiner Wärme und meinem gleichmäßigen Atem beruhigt, sie geputzt, bis sie schnurrten. Stattdessen verharrte ich regungslos und blickte ins Wohnzimmer. Es war nicht schlecht, wenn sie Angst hatten. Sollten sie nur glauben, dass ihnen unabschätzbare Gefahren drohten. So blieben sie widerstandslos unter dem Bett. Die Gedanken an ein Herumtollen durch die Wohnung und ihren Ungehorsam waren verschwunden. Vorerst wenigstens.

8 *Christina*

Christina setzte sich auf den Küchenstuhl. Sie stützte die Ellbogen auf die Tischplatte und vergrub ihr Gesicht in den Händen. Es war, als würde ihr das eigene Leben langsam entgleiten. Erst der umgestoßene Mülleimer, dann der Anruf von Philipp. Jetzt die leere Aufschnittplatte. War es möglich, dass man aß, ohne es zu merken? Was war mit dem Chaos im Wohnzimmer?

In der Stille wurde ihr Atem ruhiger und gleichmäßiger. Nun, da sie alle Gegenstände, die mit Philipp zusammenhingen, im Hof wusste, war die Verspannung im Nacken weg, die sie so oft vergeblich versucht hatte, in der Dusche unter fließendem Wasser zu lösen. Es fühlte sich an, als wäre ihr ein schwerer Rucksack abgenommen worden. Viel zu lang hatte sie diesen Schritt vor sich hergeschoben! Ein schrilles Kreischen ließ sie zusammenfahren. So ein Lärm! Und das am Heiligabend! Sie stand auf, um aus dem Fenster zu sehen. Ihre Vorahnung bestätigte sich: Das

Garagentor des gegenüberliegenden, alten Hauses war geöffnet, von dort sprühten Sägespäne auf den Schnee vor der Einfahrt. Das Hämmern war ja schon unerträglich, aber dieser Krach konnte kaum noch übertroffen werden! Die Baustellenfluter im Innern der Doppelgarage strahlten so hell nach draußen, dass sie nichts außer einem blendenden Gleißen erkannte. Sie sog mit einem Zischen die Luft zwischen den Zähnen ein. Wenn sie darauf hoffen wollte, dass jemand aus der Nachbarschaft diesem Treiben ein Ende bereitete, konnte sie lange warten. Warum war nur immer sie es, die die Platzwunden der mit Inlinern gestürzten Kinder versorgte, die betrunkene Jugendliche davon abhielt, an den Mülltonnen zu zündeln und die dem alten Mann in der Wohnung über ihr half, die Einkäufe zu schleppen? Sie konnte nicht anders.

Eilig schlüpfte sie in ihre Gummistiefel, zog eine Jacke über und verließ das Haus.

„Hallo!" Ihr Atem blies Wölkchen in die Luft. Sie verbarg ihre Hände in den Hosentaschen. Es war noch kälter geworden, doch der Mann in der Garage trug keine Jacke. Seine Jeans und sein Rollkragenpullover waren von Farben und Sägespänen übersät. Er reagierte nicht. Mit gerötetem Kopf presste er eine Säge auf einen Holzbalken.

„Hallo!" Ihre Stimme ging in dem Kreischen unter. Er hob nicht einmal den Blick. Sie dachte kurz nach, dann zog sie die Verlängerungsschnur aus der Steckdose. Sofort war alles still. Der Mann hielt inne, blickte sie an.

„Oh, tut mir leid. Ich habe Ihr Kommen gar nicht bemerkt", sagte er.

„Ich wohne gegenüber. Direkt gegenüber und dieser Lärm … man versteht sein eigenes Wort nicht mehr. Und das am Heiligabend!" Irgendetwas an ihm verunsicherte sie.

„In fünf Minuten bin ich fertig. Ich schließe so lange das Tor, das dämpft die Geräusche."

Sie ließ ihren Blick durch die Garage schweifen. Langsam senkte sich der Staub. Die Bilder, die überall an den Wänden lehnten, zeigten ihre Farbenpracht. In der Mitte stand eine Holzskulptur, von der sie nicht wusste, was sie darstellen sollte.

„Ja?" Er legte die Säge beiseite und wischte sich die Handflächen an der Jeans ab.

Sie sollte gehen, sagte sie sich, doch es fühlte sich an, als würden sich ihre Beine ihrem Befehl verweigern. In einer Ecke war ein Katzenkörbchen, davor lag eine Stoffmaus. Welche Katze leistet ihrem Besitzer bei einer solch lautstarken Arbeit Gesellschaft?

„Sie haben eine Katze?" Sie schüttelte über sich selbst den Kopf. Hatte sie nichts Besseres zu tun, als einen Smalltalk zu beginnen? Er war nicht im geringsten ihr Typ. Obwohl er zum Bearbeiten der Skulpturen viel Kraft benötigte, erinnerte er mit seinen langen, schlanken Gliedern mehr an einen großen Jungen. Seine Frisur wirkte, als wäre er nach dem Aufstehen höchstens mit den Fingern kurz durchgefahren. Er nahm ein Foto aus seiner Hosentasche und hielt es ihr entgegen.

„Das ist Antonio." Er blinzelte.

Es war, als würde der Perserkater den Betrachter direkt ansehen und dabei grinsen. Das silbergraue Fell schimmerte bläulich, intensiv hoben sich die bernsteinfarbenen Augen davon ab.

„Ein schönes Tier." Sie verlagerte ihr Gewicht von einem Bein aufs andere. Sie hatte das Gefühl, dass er irgendeine bestimmte Antwort von ihr erwartete, die sie ihm nicht geben konnte.

„Seit einer Woche ist er verschwunden. Ich habe in der Zeitung inseriert, Zettel aufgehängt. Vergeblich. Haben Sie ihn zufällig irgendwo gesehen?"

Sie schüttelte den Kopf, dachte an all die Schauergeschichten von Tierfängern, die Katzen zu Rheumafellen verarbeiteten oder an Versuchslabore verkauften. Ihr Hals fühlte sich an, als hätte sie einen Schal zu stramm gewickelt. Auch als sie sich räusperte, änderte sich nichts daran.

Er drückte einen Schalter an der Wand und die vier Baustellenfluter erloschen. Im ersten Moment sah sie nur noch die Kontur der großen Skulptur, bis sich ihre Augen an das Halbdunkel gewöhnt hatten.

„Weiterarbeiten ist zwecklos, wenn ich an Antonio denke. Meinen Sie, ich kann die Skulptur so lassen, wie sie ist? In drei Stunden kommt der Kunde sie abholen."

Sie zupfte sich an der Nase, stotterte Unverständliches. Nie hatte sie jemand nach ihrer Meinung über Kunst gefragt. „Das ist interessant", sagte sie.

„Fertig ist so eine Arbeit sowieso nie. Aber man muss etwas auch innerlich abschließen können."

Sie nickte.

„Darf ich Ihnen einen Kaffee anbieten?", fragte er.

Sie überlegte, ob seine Küche genauso chaotisch aussah wie seine Kleidung und die Garage, die er zur Werkstatt umgebaut hatte. „Ich weiß nicht."

„Dumm von mir, Sie haben bestimmt mit den Weihnachtsvorbereitungen genug zu tun."

Sie schüttelte den Kopf. „Ich habe damit noch gar nicht angefangen und kann es mir dieses Jahr auch sparen."

„Mögen Sie einen Kaffee?"

„Gern!"

Sie folgte ihm über ausgetretene Holzstufen ins Innere des Hauses. Am Ende der Treppe blieb sie stehen. Plötzlich war es, als wäre sie in einer anderen Welt angekommen. Der Parkettboden, die Teppiche, die Weichholzmöbel und die weißen Ledersofas widersprachen allem, was sie erwartet hatte. Sie nahm den Duft von frischen Blumen war, dann sah sie den bunten Strauß auf dem Wohnzimmertisch. Daneben lag ein blauer

Briefumschlag, auf dem mit geschwungener Schrift stand: für Adelheid.

Sie spürte, wie ihre Schultern nach vorn sanken, sich ihr Rücken wölbte. Sie sah sich nach der Eingangstür um.

„Hier geht's zur Küche", sagte er.

Ihre Beine folgten ohne ihr Zutun seinen Worten. Sie versuchte, klar zu denken, aber es ging nicht. Es war, als könnte sie ihr Gedankenchaos wie einen Bienenschwarm summen hören. Von der Küche aus entdeckte sie die Garderobe, an der ein roter Wintermantel aus Pelzimitat hing. Er gehörte zweifellos einer Frau. Sie schluckte bei dem Gedanken. Weiter hinten musste der Weg ins Freie führen.

„Nun komm schon!" Er schlug auf die Kaffeemaschine, die so groß war wie ein Restaurantgerät. Tassen standen in einer Vitrine, die Henkel zeigten symmetrisch nach rechts. Die Trockenblume in der hintersten Tasse, die Erinnerungszettel an der Pinnwand mit den kleinen, runden Buchstaben, alles deutete auf eine Frau hin. Seine Frau. „8:00 Uhr Zahnarzttermin nicht vergessen", las Christina, dann schloss sie für ein paar Atemzüge die Augen. Warum passierte so etwas immer ihr? Jedes Mal, wenn sie begann, einen Mann sympathisch zu finden, sich in seiner Nähe wohlzufühlen, tauchte irgendein Hindernis auf. Hatte sie darauf ein Abo abgeschlossen?

Sie beobachtete ihn, wie er mit einem Schraubenschlüssel die Abdeckung der Maschine abmontierte. Sie stellte sich vor, wie seine Frau gerade einen Tannenbaum organisierte, wie sie tagtäglich zur Arbeit ging, während er sich in der Garage selbst verwirklichte und mit Nachbarinnen Kaffee trank. Sie dachte an das Wort „Künstler", und konnte die Anführungszeichen hören. Es schmeckte bitter auf ihrer Zunge.

„Ich muss gehen", sagte sie und lief so schnell nach draußen, dass das Klacken ihrer Absätze die Sätze verschluckte, die er ihr hinterher rief.

Als sie ihre eigene Haustür hinter sich zudrückte, lehnte sie sich mit dem Oberkörper an die Wand. Sie sehnte sich nach jemandem, der ihr versicherte, dass alles gut sei, sie sich keine Sorgen machen musste. Die Winterjacke tauschte sie gegen eine Strickjacke aus. War es wirklich kälter in der Wohnung geworden oder bildete sie sich das nur ein? Sie sank auf die Couch, als sie die Scherben auf dem Boden entdeckte. Ihr Atem stockte. Nur das Gluckern der Heizkörper war zu hören, die sie schon im Herbst hatte entlüften wollen. Ihr Portemonnaie lag offen auf dem Wohnzimmertisch. Welcher Einbrecher kam herein, stieß eine Vase um, ließ das Geld liegen und verschwand wieder? Sie fuhr sich über die Augenbrauen und schüttelte den Kopf. Zuerst wollte sie die Scherben wegsaugen. Ihr Blick glitt durch den Raum. Die Regale und Schränke waren einfach noch immer überfüllt mit Dingen, die sie gar nicht mehr gebrauchen konnte. Und erst der Kleiderschrank! Auch der Heizkörperschlüssel würde beim Entrümpeln bestimmt auftauchen. Sie krempelte die Ärmel hoch. Es war zwar keine typische Beschäftigung für Heiligabend, aber eine, die ihr von Minute zu Minute besser gefiel.

9   *Katze Luna*

Hatte die Frau vor, ihre gesamte Wohnung leer zu räumen? Ich hörte ihren schnellen Atem, sah, wie ihre Hände und Arme zitterten, als sie eine bis oben hin gefüllte Kiste nach draußen schleifte. Als sie den großen Topf mit der deckenhohen Zimmerpflanze umfasste, wäre ich am liebsten aufgesprungen. Alles, nur das nicht! Das war doch unsere Katzentoilette, wenn ich einmal nicht rechtzeitig ins Freie kam. Ich seufzte erleichtert auf, als sie den Baum neben dem Bett stehen ließ.

Ununterbrochen wehte von der Wohnungstür ein kühler Wind herein, kitzelt meine Nase. Ich roch, dass es bald wieder schneien würde.

Langsam kroch ich rückwärts, stupste die Weiße und den Grauen an. Los! Aufwachen! Wir machen einen Ausflug!

Die Frau war bestimmt noch länger beschäftigt und wir mussten die Zeit nutzen, in der die Tür offen stand. Der Graue tat so, als verstünde er mich nicht. Seine Augen waren halb geschlossen, während er mit schnellen Bewegungen über seine Pfoten leckte. Die Weiße gähnte und versuchte, die beste Zitze zu erwischen, dabei dem Grauen keinen Platz neben sich zu lassen. Ich drückte sie beiseite. Nicht jetzt!

Diesmal schob ich sie kräftiger an. Als das auch nicht half, packte ich die beiden nacheinander am Nacken und schleifte die zappelnden Körper aus der Ecke. Was war nur los? Erst konnten sie in der Wohnung nicht genug von ihren Spielen gekommen und plötzlich war es ihnen zu mühsam, sich auf den Beinen zu halten. Manchmal kam es mir vor, als nahmen sie sich grundsätzlich das Gegenteil von dem vor, was ich geplant hatte.

Ich sah sie eindringlich an, bis sie ihre Köpfe senkten. Die Schnurrhaare der Weißen bebten vor Aufregung. Ich lauerte darauf, dass sie zum Sprung ansetzte, um sich zurückzuziehen. Aufmerksam und geduckt schlich ich voran, lauschte den fast unhörbaren Bewegungen ihrer Pfoten hinter mir. Jedes Geräusch der vorbeifahrenden Wagen, das Summen des Kühlschrankes, als befände sich im Inneren des Geräts eine wütende Hummel, das Gluckern der Heizkörper, alles kann mir mit einem Mal noch lauter vor. Ich konzentrierte mich auf mein Ziel: die Haustür. Langsam und gleichmäßig setzte ich einen Schritt vor den nächsten.

Es ging so schnell, dass ich erst so spät begriff, was mit mir passierte. Aus dem Augenwinkel sah ich, wie sich neben mir ein Schuh bewegte. Dann spürte ich den Luftzug über mir. Der Menschengeruch war so stark, dass ich vor Schreck erstarrte. Die Hände, die mich im Nacken packten und hochhoben, ließen keine Gegenwehr zu. Ich zappelte, maunzte, fauchte, versuchte, in den Arm zu beißen, doch der Griff, der mich festhielt, wurde nur kräftiger.

„Sieh mal einer an. Wo gehörst du denn hin?", fragte die Frau.

Meine Augen zuckten hektisch von einer Seite zur anderen, so dass es mir schwindlig wurde. Den Kopf selbst konnte ich nicht drehen. Die Weiße und der Graue waren nirgends zu entdecken.

„Wie dünn du bist … und das struppige Fell … eine Streunerin. Na, dann wollen wir mal sehen. Halt schon still, ich bin stärker als du und von meinen Schülern mehr Widerstand gewöhnt."

Jede ihrer Bewegungen wirkte, als wäre sie von Beruf Tierfängerin. Gegenwehr war zwecklos. So ließ ich mich hängen, hoffte darauf, dass sie einen Augenblick lang unachtsam war und sich für mich eine Fluchtmöglichkeit ergab. Ich wartete vergeblich. Sie setzte mich auf den kalten, glatten Fliesen ab. Als ich aufsah, fiel die Tür ins Schloss. Gefangen. Das kleine Fenster war von außen mit engen Gittern versehen, bot keinen Ausweg. Um mich herum befanden sich nur Fliesen, Keramik und ein Spiegelschrank. Nichts, wo ich mich verkriechen oder verstecken konnte. Ich schrie auf, drückte gegen die Tür, kratzte daran, bis die Pfoten schmerzten, dann gab ich auf. Es war aussichtslos.

Von irgendwoher hörte ich ein Rumpeln, als würden Pakete auf den Boden geworfen. Warum brachte sie meine Kinder nicht zu mir? Die Frau musste die beiden längst entdeckt haben. Diese Unsicherheit machte das Warten zur Qual.

Ich sprang auf die geschlossene Toilette, nahm Anlauf und warf mich gegen die Tür. Einmal atmete ich tief durch, rannte ein zweites Mal los. Es krachte. Hatte ich wirklich splitterndes Holz gehört? Benommen hob ich mich auf die Beine, fühlte den Schmerz in meinem Innern, bewegte zaghaft die Gelenke. Nichts war verletzt. Doch die Tür hatte auch nicht nachgegeben. Dann waren Schritte zu hören. Ich sah, wie die Klinke herunter gedrückt wurde. Sofort spannten sich meine Muskeln, ich hechelte und hatte das Gefühl zu ersticken, platt wie der Wunderkater aus dem Fernsehen zu sein, den sich die Kinder in meiner früheren Familie immer angesehen hatten, der Kater mit dem riesengroßen Kopf, der aus Fenstern stürzte, von Autos überfahren würde. Nach seinen Unfällen sah er aus wie ein Bettvorleger, schüttelte sich und lief weiter dieser dummen Maus nach, als wäre nichts geschehen.

Ich spürte Hände in meinem Nacken, verlor den Boden unter den Füßen und befand mich, bevor ich begriff, was vor sich ging, in völliger Dunkelheit. Ein Karton. Gefangen. Ich stemmte mich gegen den Deckel. Vergeblich. Das zischende Geräusch kam mir bekannt vor: Klebeband. Alle Spannung wich aus mir. Es war vorbei. Genau in der gleichen Situation hatte ich mich schon einmal befunden.

10   *Christina*

Christina zählte das Tuten in der Leitung. Als sie bei neun angekommen war und auflegen wollte, nahm jemand ab.

„Städtisches Tierheim, Meyer." Die Frau sprach schnell und ihr Atem klang, als wäre sie mehrere Treppen hochgelaufen.

„Lehner. Guten Tag. Was bin ich erleichtert, Sie noch zu erreichen. Mir ist eine Katze zugelaufen. Ich habe sie in einem Karton eingesperrt. Kann ich sie vorbeibringen? Jetzt gleich?"

Das Maunzen aus dem Hintergrund ließ sie an ihrem Entschluss zweifeln. Es war herzzerreißend. Am liebsten hätte sie sofort die Badezimmertür geöffnet und die Katze wieder freigelassen. Aber bei der Kälte? In dem abgemagerten und verdeckten Zustand, in dem sich die Katze befand? Es polterte, als würde sich das Tier gegen Wände und Tür werfen.

„Wir schließen um vierzehn Uhr, bis dahin können Sie kommen", seufzte die Mitarbeiterin des Tierheims.

Christina bedankte sich und legte auf. Eine knappe halbe Stunde blieb ihr noch, das musste zu schaffen sein. Bei den Klagelauten, die aus dem Bad drangen, krampfte sich ihr Bauch zusammen. Es klang wie das Weinen eines Neugeborenen. Sie wischte sich die feuchten Hände an der Hose ab und spürte, wie sich die an den Handinnenflächen klebenden Katzenhaare zusammenballten.

Die umgestoßene Vase, der seltsame Gestank im Treppenhaus und nachts im Schlafzimmer … plötzlich begriff sie den Zusammenhang. Gleichzeitig schwanden ihre Bedenken. So konnte es nicht weitergehen. Außerdem war es verboten, in dieser Wohnung Hunde oder Katzen zu halten. Sie nahm einen der Umzugskartons, die an der Wand lehnten, schob sich eine Rolle mit breitem Klebeband wie ein Armband über, atmete tief durch, bevor sie die Tür zum Bad öffnete.

Fünf Minuten später befand sich der Karton mit der Katze auf der Rückbank. Sie startete den Motor. Kein Laut drang aus der Kiste, als wäre die Katze in eine Schockstarre verfallen. Vorsichtig lenkte sie den Wagen über die verschneite Zufahrt. Wieder einmal war der Räumdienst nicht gekommen, für den allmonatlich ein Geldbetrag auf der Nebenkostenabrechnung erschien. Es war dasselbe wie mit dem geheimnisvollen Hausmeister, den sie in den drei Jahren ihrer Mietzeit noch nie zu Gesicht bekommen hatte. Das war einer der Punkte, die sie auf die Liste ihrer Neujahrsvorsätze schreiben würde. Entweder tat der Hausmeister seine Arbeit, reparierte die defekten Lichtschalter im Keller, der Schnee würde regelmäßig gekehrt oder sie zog zukünftig diese Beträge von der Miete ab.

An der Ampel leuchtete die Tankanzeige auf. Sie fluchte. Wenn sie einen Stopp einlegte, würde es knapp, das Tierheim pünktlich zu erreichen. Aber es half nichts. An der nächsten Tankstelle setzte sie den Blinker.

Es war, als würde an diesem Tag der Sprit langsamer in den Tank fließen als gewöhnlich. Sie wischte sich mit dem Handrücken über die Stirn. Obwohl der Ostwind ihr die Haare zerzauste und sie keine Mütze trug, schwitzte sie. Hektisch blickte sie auf den Beifahrersitz, dann davor auf den Boden. Die Handtasche war nirgends zu sehen. Dabei war sie sich absolut sicher, die Tasche umgehängt zu haben, bevor sie die Wohnung verlassen hatte. Sie stöhnte auf. Das hatte ihr gerade noch gefehlt! War es möglich, dass die Tasche auf dem Parkplatz vor dem Haus herausgefallen war? Oder hatte sie die Tasche etwa auf die Kofferraumklappe gelegt und war dann losgefahren? So sehr sie auch versuchte, sich die Situation beim Einsteigen in Erinnerung zu rufen, es ging nicht. Das Einzige, worauf sie sich konzentriert hatte, war die Kiste mit der Katze.

Ihr Blick schweifte durch das Rückfenster des Wagens zu dem Karton, als sie den dunkelblauen Trageriemen entdeckte, der unter der Pappe hervorblitzte. Die Handtasche!

Mit Schwung öffnete sie die Hintertür. Als hätte ihr jemand ein Zeichen gegeben, begann die bis dahin wie betäubte Katze zu springen. Sie tobte, als hinge ihr Leben davon ab, so dass der Karton sich in Bewegung setzte und fiel, bevor sie eingreifen konnte. Sie spürte, wie die Kiste gegen ihr Schienbein prallte, sah, wie sich das Klebeband löste. Als hätte es sich auf diesen Moment lange vorbereitet, sprang das Tier schnell ins Freie und verschwand im nächsten Gebüsch. Es war weg, nur die Tatzenspuren im Schnee wiesen den Weg. Sie hängte sich ihre Handtasche um, folgte den Spuren.

„Miez, miez", lockte sie. Ihre Jacke blieb an einer Dornenhecke hängen. Bei dem Versuch, sich zu befreien, riss sie sich die Hand blutig. Für einen Menschen gab es an diesem Ort kein Durchkommen.

So vorsichtig wie möglich zog sie sich zurück, als sie einen schneidenden Schmerz an der Wange spürte, dann das Tropfen warmer Flüssigkeit. Sie wischte mit der Handrückseite darüber. Blut. Nicht einmal ein Taschentuch hatte sie dabei, um es abzuwischen.

Auf dem Rückweg warf sie den Karton in einen der herumstehenden Müllcontainer, anschließend ging weiter in Richtung Kasse.

Der Tankwart sah sie mit aufgerissenen Augen an, öffnete den Mund, als wollte er etwas sagen.

„Ich wollte eine Katze transportieren", erklärte Christina. In der Wärme der Tankstube verstärkte sich der Schmerz an der Wange. „Sie ist gerade weggelaufen. In das Brombeergebüsch. Können Sie mir helfen, sie wiederzubekommen? Mit Handschuhen könnte man die Äste auseinanderbiegen."

„Setzen Sie sich erst einmal, im Hinterraum habe ich Jod und Verbandszeug." Er schob ihr einen Stuhl hin und fasste sie am Arm.

„Ich bin keine Schwerverletzte! Wenn wir warten, ist die Katze über alle Berge!" Sie zog ihn ins Freie, zeigte auf die Hecke. „Sehen Sie die Spuren im Schnee?"

„Ihr Stubentiger hat sich dort bestimmt irgendwo zusammengekauert. Ich habe ihn gleich." Er zog seine Handschuhe über, drückte mit seinen dicken, schwarzen Schnürschuhen die Äste beiseite.

Sie hörte das Knacken von Holz, das bald vom Lärmen eines vorbeifahrenden Lasters übertönt wurde.

„Hauskatzen sind wie Kaninchen." Die Stimme des Tankwarts bebte vor Anstrengung. „Sie kauern sich an Ort und Stelle zusammen, anstatt wegzulaufen. So war es bei meiner Mona. Sie war jahrelang im Haus, dann wollten wir ihr einen Gefallen tun und sie im Garten ... verdammt, ich hänge fest!"

„Können Sie etwas erkennen? Ist die Katze da?"

„Im Raum hinter der Kasse ist eine Heckenschere, damit ... nicht mal das würde helfen. Hier ist keine Katze." Fluchend und gebeugt kämpfte er sich rückwärts auf sie zu. Es knackte und knirschte. Seine Kleidung hing voller Äste, Hose und Ärmel waren zerrissen. Sie sog die Luft durch die Zähne ein, als sie sah, dass ein Dorn oberhalb des Ohres in seiner Kopfhaut steckte.

„Das tut mir so leid, ich wollte das nicht." Sie schluckte.

„So ein Biest! An den Spuren im Schnee kann man es erkennen. Das Vieh muss über die Mauer gesprungen sein. Und die ist eineinhalb Meter hoch. Unglaublich! Wie sieht Ihre Katze denn aus?"

„Es ist nicht meine Katze", begann sie und erzählt ihre Geschichte, während sie dem Tankwart in den Kassenraum folgte. Als sie die Spiegelung ihres Gesichts in der Glastür sah, zuckte sie zurück und schüttelte sich bei dem Gedanken an die Wundversorgung. Schon als Kind hatte sie diese stinkenden Jodtinkturen gehasst.

11   *Katze Luna*

Erst spürte ich den Aufprall, dann strömte Helligkeit ins Dunkel. Freiheit! Es blieb keine Zeit, sich zu orientieren. Mein Körper reagierte reflexartig. Die Muskeln spannten sich, meine Hinterläufe katapultierten mich vorwärts auf ein Gebüsch zu. Mit einem Satz war ich über die dahinterliegende Mauer in einem Garten gelandet. Ich zwängte mich unter Zäunen hindurch, überquerte Straßen, bis ich unter der Eingangstreppe eines Hauses zusammensank.

Das Zucken meiner Ohren ließ nicht nach, so sehr ich mich bemühte, es zu kontrollieren. Die fremden Geräusche und Gerüche versetzten mich in Panik bei dem Gedanken an die Weiße und den Grauen. Wie sollte ich zu ihnen zurückfinden? Wie konnten sie ohne mich und ich ohne sie weiterleben? Nur wenige Schritte entfernt von mir bellte ein Hund, kratzte mit den Pfoten an der Eingangstür, die sich schräg über mir befand. Hier durfte ich nicht bleiben, auch wenn dieser Ort

Schutz vor Schnee und Wind bot. Ziellos bewegte ich mich erst zur Straße hin, dann weiter bergab, benutzte dabei die geparkten Wagen als Deckung. Mein Magen knurrte und zog sich schmerzhaft zusammen, meine Zitzen drückten und fühlten sich heiß an. Es war Zeit für die nächste Mahlzeit meiner beiden Kinder.

Hatte ich wirklich eine Schiffshupe gehört? Wieder. Diesmal war es unverkennbar. Auch an unserem Versteck am Restaurant waren Schiffshupen zu hören gewesen. Irgendwo an der linken Seite von mir befand sich der Fluss. Antonio hatte erzählt, dass ein Katzenleben nicht ausreiche, um bis zu seinem Ende zu gelangen. Doch ich spürte, dass ich nicht weit von meinem Ziel entfernt war. Mochte der Fluss noch so lang sein, so war die Autofahrt nur kurz gewesen. Je näher mein Weg mich an den Wasserlauf führte, umso vertrauter wurde die Umgebung. Es war, als würde sich vor mir die Landschaft mit ihren Gerüchen und Geräuschen ausbreiten, um mir den Weg zu weisen. Meinen Plan, eine Essenspause einzulegen, ließ ich wieder fallen. Ich hätte vor Aufregung sowieso keinen Bissen runtergebracht.

Schräg rechts lag die Bahnlinie. Bald war Plastikgestank wahrnehmbar. Die Fabrik! Als sich die Häuser zwischen Feldern verloren, sah ich den gegenüberliegenden Berg. Da war er, der schmale, hohe Turm, der aussah, als hätte jemand auf seiner Spitze einen überdimensionalen Teller aufgesetzt.

Nun bestanden keine Zweifel mehr, wo ich mich befand.

Wenn die Weiße und der Graue nur unter dem Bett hocken geblieben waren, würde alles gut. Noch vor Einbruch der Dämmerung erreichte ich mein Ziel.

An einem Bachlauf trank ich und kühlte meine vom Salz brennenden Pfoten. Dann zwang ich mich weiterzugehen, bevor die Erschöpfung vollständig Besitz von mir ergreifen konnte. Die Sonne senkte sich hinter die Hausdächer, der Turm schimmerte golden, schien sich von mir wegzubewegen, obwohl ich auf ihn zulief. Immer wieder verschwand er hinter Häusern und Bäumen. Auch die vorbeifahrenden Züge wurden eher leiser als lauter. Ich schluckte schwer, als ich mir eingestehen musste, dass ich mich getäuscht hatte. Der Weg war lang, viel länger als gedacht. Als ich nach einem Nachtlager Ausschau hielt, spürte ich, dass ich nicht allein war. Jemand beobachtete mich. Es war, als könnte ich die Blicke wie warme Strahler auf meinem Fell fühlen. Doch jedes Mal, wenn ich mich umdrehte, sah ich nur Dunkelheit, Häuser, Bäume und geparkte Autos.

Ich versuchte, mir nichts anmerken zu lassen, bis ich einen Flaschencontainer erreichte. Dort, in der Deckung des Metallkastens, versteckte ich mich und verharrte reglos. Mit gerade aufgerichteten Ohren lauschte ich in die Richtung, aus der ich gekommen war. Bald erklang ein leises, rhythmisches Knirschen, das ohne Zweifel zu einem Artgenossen gehörte.

Wie konnte er es wagen! Mich so zu erschrecken! Ich drückte mich auf den Boden, mein Schwanz peitschte hin und her, meine Hinterläufe bebten. Das leise Knirschen des Schnees unter den Pfoten wurden lauter, dann war nichts mehr zuhören. Ich lugte aus meinem Versteck und sah einen Kater, der sich zu putzen begann. Sein Geruch war unverkennbar. Er sah sich immer wieder um. Wartete er darauf, dass ich ihm bestätigte, wie beeindruckend er aussah? Warb er um mich? Er grüßte mich mit einem Maunzen: Antonio. Mit einem Satz sprang ich vollständig aus meiner Deckung, umrundete ihn und gab ihm zu verstehen, mir zu folgen. Anstelle einer Antwort hörte ich hinter mir gleichmäßige Schmatzgeräusche, wenn seine Zunge über sein Fell fuhr. Am liebsten hätte ich ihn gejagt, die Straße hinuntergescheucht, um ihn aus seiner Selbstverliebtheit zu reißen, doch dafür fehlte mir die Kraft. Es war nicht der Weg, der mich erschöpft hatte, da konnte ich weitere Strecken zurücklegen. Die Aufregung und Anspannung legte sich wie eine Last auf mich. Wie erging es der Weißen und dem Grauen?

Zuerst sah ich nur, wie sich hinter einem Baum etwas bewegte, dann erkannte ich Konturen. Das war also die Ursache für Antonios Verhalten: eine schwarze Katze, die ihren Rücken an der Rinde entlangdrückte und dabei schwer atmete, so laut, dass es nicht falsch zu deuten war. Antonios Atem schloss sich ihrem Rhythmus an. Sie war rollig und damit viel attraktiver als ich. Es war, als versetzte sie mit ihrem inneren Beben die Luft um uns herum in feine Schwingungen.

Traurig sah ich zu Antonio, um mich zu verabschieden. Er kam ein paar Schritte auf mich zu, ich drückte meinen Kopf gegen seinen. Würden wir uns je wiedersehen?

Möglichst beiläufig wandte ich mich ab, obwohl ich ihn am liebsten im Nacken packen und hinter mir herschleifen wollte, nachdem ich die schwarze Schönheit verprügelt hatte. Doch das hätte ihr nur einen zusätzlichen Reiz verliehen. Auch war Antonio kräftiger als ich und ich konnte ihn nicht von dem abhalten, was er sich vorgenommen hatte. Ich sog seinen Duft ein, der mich an den Spätsommer erinnerte, als wir nachts liebestoll um den Wasserturm gezogen waren.

Mach's gut, Antonio! Ich gurrte noch einmal zum Abschied, dann ging ich voran, ohne mich umzusehen in die Richtung, aus der eine Schiffhupe wie zum Aufbruch tönte.

Hinter mir knirschte es im Schnee. Obwohl ich mich weiter entfernte, wurden die Pfotengeräusche nicht leiser. Der Geruch von trockenem Gras und der Süße von reifem Obst verschwand nicht, sondern umfing mich, als trüge ich ihn wie ein Kleidungsstück.

Gleichmäßig setzte ich meine Schritte fort und wartete darauf, jeden Augenblick die Zeichen von Antonios Gegenwart zu verlieren.

Als sich der Fluss schwarz vor mir ausbreitete und die Spiegelungen der Straßenlaternen und Autoscheinwerfer wie Irrlichter auf der glänzenden Oberfläche tanzten, hielt ich die Anspannung nicht mehr aus und wandte mich um. Antonio folgte mir in solch einer Entfernung, dass er mich mit zwei Sprüngen erreichen konnte. Als ich mich niederließ, tat er es mir gleich. Ich nickte und er spiegelte auch diese Bewegung. Das nahm ich als Entschuldigung und ging auf ihn zu. Ebenso wenig, wie ich anfangs den Grund für sein Verschwinden gekannt hatte, begriff ich nun, warum er seine Geliebte verließ, um mir zu folgen.

Wie auf ein geheimes Zeichen hin, als hätte es eine Absprache gegeben, erhoben wir uns zeitgleich. Wir setzen unseren Weg so dicht nebeneinander fort, dass ich seine Wärme neben mir wie ein kleines Feuer spürte.

12 *Christina*

Christina ließ sich auf den Teppich im Wohnzimmer sinken. Sie legte sich auf den Rücken, die Füße erhöht auf die Couch und streckte die Arme zur Seite. Von der Wirbelsäule zog sich ein Stechen bis in die Oberschenkel, dennoch bereute sie es nicht, dass sie die Möbel ohne Hilfe verschoben hatte. Nun war alles fertig: die Schränke sortiert und ausgemistet, der Raum wirkte durch die neue Aufteilung viel großzügiger. Langsam beruhigte sich ihr Atem. Wenn nur die ständigen Gedanken an die braungetigerte Katze nicht wären! Je mehr sie versuchte, das Bild des Tieres zu verdrängen, wie es auf das Gebüsch zulief, umso intensiver wurde es. Fanden sich Katzen in fremder Umgebung zurecht? Wo würde sie Futter herbekommen? Die Streunerin wird ihren Weg finden, sagte sie sich und überlegte gleichzeitig, ins Auto zu steigen, zur Tankstelle zurückzufahren und die Katze zu suchen. Sie seufzte. Dann erstarrte sie bei dem Geräusch, von dem sie nicht wusste, ob sie es wirklich gehört hatte oder ob es nur ihrer Einbildung entsprungen war. Es klang wie ein Fiepen. Oder war es ein Säugling? Sie stand auf und lauschte.

Über ihr waren Schritte zu hören, von irgendwoher erklangen Weihnachtslieder. Das Pärchen von gegenüber diskutierte lautstark. Da war es wieder. Im Dunkel des Schlafzimmers nahm sie einen Schatten wahr. Sie zuckte zurück und umklammerte den Hals ihrer Gitarre, um damit zuschlagen zu können. Das Holz rutschte ihr aus der Hand, als sie blaue Augen erkannte, weißes Fell, kurz darauf ein graues Fellbündel, dass sofort zurückzuckte. Mit einem Krachen schlug das Instrument auf dem Boden auf und die Kätzchen verschwanden so schnell, als hätten sie sich in Luft aufgelöst. Sie starrte in Richtung des Schlafzimmers, doch die beiden tauchten nicht auf. Kein Laut drang aus der Schwärze des Nachbarraumes. Langsam setzte sie sich in Bewegung, versuchte so wenig Geräusche wie möglich zu verursachen.

Auch als sie das Licht einschaltete, war zuerst nichts Ungewöhnliches zu erkennen. Dann bemerkte sie, wie sich die Blätter der Birkenfeige bewegten, ein graues Fellbüschel an der Bettkante hing. Schon bevor sie unter das Bett blickte, ahnte sie, was sie erwartete. Sie legte sich auf den Bauch, streckte eine Hand nach den zitternden Fellbündeln aus, die eine Strickjacke wie einen

Schutzwall vor sich geschoben hatten. Ein stechender Schmerz ließ sie zusammenfahren und zurückzucken. Sie betrachtete die feinen, roten Linien auf ihrer Handoberfläche. Es brannte, als hätte jemand Alkohol auf eine Wunde gerieben. Sie unterdrückte einen Fluch.

Als sie die Kratzwunden desinfiziert hatte, kehrte sie mit Handschuhen zurück, stellte einen Umzugskarton und Klebeband bereit. Mit einem Ruck hob sie die Matratze hoch, packte das obenliegende, weiße Kätzchen im Nacken. Es war so schmal, dass sie es zwischen den Brettern des Lattenrostes zu sich hochheben konnte. Es fauchte, versuchte zu kratzen und zu beißen, was durch das Leder kaum zu spüren war.

„Ist ja gut, ich tue dir nichts", flüsterte sie, setzte die erste Katze im Karton ab und klappte den Deckel zu.

Das graue Kätzchen blieb reglos, als sie zupackte. Es ließ sich schlaff wie eine Stoffpuppe hängen, atmete dabei so schnell und hechelnd, als würde es ersticken.

Als beide Kätzchen wieder zusammen waren, pressten sie sich sofort eng aneinander, machten sich so klein, dass sie ganz verloren wirkten. Sie wandte den Blick ab. Diesmal umwickelte sie die Kiste großzügig mit Klebeband, bis die gesamte Rolle aufgebraucht war. Derselbe Fehler wie am Mittag würde ihr nicht noch einmal passieren!

Sie ging zum Telefon, drückte die Wahlwiederholungstaste. Die Ansage des Anrufbeantworters erklärte, dass das Tierheimbüro in den folgenden Tagen nicht besetzt sei.

„Das könnt ihr nicht machen!", rief sie und wartete vergeblich auf die Möglichkeit, eine Nachricht zu hinterlassen. „Das hier ist ein Notfall!"

Kurz dachte sie darüber nach, den Notruf zu wählen, dann verwarf sie den Gedanken. Was war mit diesem Nachbarn, der seinen Kater vermisste? Auch wenn er die beiden Kätzchen nicht dauerhaft zu sich nehmen würde, war es für ihn doch bestimmt kein Problem, sie für eine Übergangszeit bei sich zu beherbergen.

Sie zog sich Jacke und Schuhe an und verließ die Wohnung mit dem Karton.

Das Tor zur Werkstatt war geschlossen, die Rollläden heruntergelassen. Kein Lichtstrahl drang nach draußen. „Ulrich Schumann" stand auf dem Messingschild, das im Schein der Straßenlaterne schimmerte. Sie läutete, wartete, klingelte wieder, hielt schließlich den Klingelknopf gedrückt, so dass von innen ein schnarrender Dauerton zu hören war. Nichts.

Die Kälte, die von unten in sie hineinzukriechen schien, ließ sie schaudern. Es war niemand da, ohne Zweifel.

„Kann ich Ihnen helfen?", fragte jemand.

Sie drehte sich um und sah auf dem Nachbargrundstück eine alte Frau, die einen Schäferhund an der Leine führte.

„Danke, ich fürchte nicht."

„Wenn Sie etwas für Herrn Schumann abgeben wollen, können Sie es gerne bei mir abstellen."

Sie blickte abwechselnd auf den Karton und auf die Frau.

„Das wird nicht gehen. Ich komme morgen früh wieder." Sie wusste, dass es nicht nur die Kälte war, die sie zittern ließ. Nervös trat sie von einem Bein auf das andere und biss so fest die Zähne zusammen, dass ein Knirschen zu hören war.

„Er ist erst in drei Tagen zurück. Ist es wichtig? Ich kann Ihnen seine Handynummer geben."

„Das hilft mir nicht weiter. Ich muss ihn persönlich sprechen. Trotzdem vielen Dank." Sie hob den Karton hoch. Wie sie es hasste, keine Wahl zu haben! Wenn doch nur die Katzenmutter da wäre!

Im Flur vor ihrer Wohnung sah sie, wie der Karton sich unten dunkel und nass verfärbt hatte. So konnte sie ihn nicht drinnen abstellen, wenn sie nicht hinterher mühsam den Teppich reinigen wollte. Vorsichtig kippte sie den Karton vor der Wohnungstür, löste das Klebeband und öffnete die Tür einen kleinen Spalt. Dann klappte sie den Deckel auf und schob den Karton so dicht zwischen Tür und Wand, damit die Katzenjungen nur einen möglichen Weg vor sich sahen. Beide schossen aus ihrem Gefängnis, verschwanden durch das Wohnzimmer im Schlafzimmer.

Sie räumte die Pappe in den Keller und dachte dabei an den Inhalt ihres Kühlschrankes. Die Salami und der Pfefferschinken waren zu stark gewürzt, Milch nicht mehr vorhanden. Ob sie für die Katzen Fleisch aus der Tiefkühltruhe auftauen sollte? Was sie auch in Erwägung zog, eine ideale Lösung gab es nicht.

Schließlich füllte sie Joghurt auf ein Schälchen und stellte es neben der Birkenfeige vor das Bett. Mit langsamen und vorsichtigen Bewegungen zog sie sich zurück, setzte sich auf den Boden, um zu beobachten, was geschehen würde.

Nach einer halben Stunde hatte sich noch keins der Kätzchen gezeigt. Sie waren so leise in ihrem Versteck, dass Christina sich fragte, ob sie sich überhaupt noch in der Wohnung befanden. Mit einem Blick vergewisserte sie sich: Beide schliefen in der hintersten Ecke unter dem Bett. Sie schob den Teller näher zu ihnen, dann zog sie sich auf ihren Beobachtungsposten zurück.

Irgendwann schaltete sie den Fernseher ein und merkte, dass sie zu müde war, der Krimihandlung zu folgen. Während die Frau im Fernsehen um ihr Leben flüchtete, musste Christina gähnen. Von der Umräumaktion fühlten sich ihre Arme und Schultern schwer und warm an und so schlaff, dass sich jede Bewegung nur mit einer besonders großen Anstrengung ausführen ließ. Einen oder zwei Tage später würde sie einen Muskelkater bekommen. Das war es ihr wert. Obwohl sie schon seit Jahren in dieser Wohnung lebte, war es zum ersten Mal wie ein Zuhause. Die Regale und Schränke waren zwar zur Hälfte leer, aber das störte sie nicht. Gleichzeitig war die innere Unruhe verschwunden, die sie gezwungen hatte, ständig etwas zu unternehmen. Sie begann, über Ursache und Wirkung dieser Veränderung nachzudenken, doch das verstärkte ihre Müdigkeit zusätzlich. So beschloss sie, sich zu waschen, die Zähne zu putzen und ins Bett zu gehen. Sie sah auf die Uhr. Dabei war es nicht einmal neun!

13   *Katze Luna*

Das Eintauchen in die bekannten Geräusche und Gerüche vertrieb meine Müdigkeit von einem Augenblick auf den nächsten. Dort war das Mehrfamilienhaus, in das ich meine Kinder gebracht hatte! Hinter mir hörte ich Antonios Keuchen, das immer leiser wurde. Als ich mich umdrehte, sah ich, dass er stehen geblieben war, um an einem Eimer zu schnüffeln.

Ich maunzte, trieb ihn zur Eile. Er tat so, als wäre ich gar nicht da. Ein einziger Blick in seine Augen verriet, was in ihm vorging. Er war eingeschnappt. Dafür, dass er mit mir gekommen war, erwartete er Anerkennung, wollte aus dem Rückweg einen Spaziergang machen. Er liebte es gemächlich. Sicher war ich froh, dass er mich begleitete, aber meine Sehnsucht nach der Weißen und dem Grauen konnte mich nicht einmal Antonio mindern.

Los! Komm schon! Je mehr ich drängte, umso langsamer wurde er. Er verharrte, tat so, als wäre dieser Blecheimer das Interessanteste auf der Welt. Wenn er meinte ... ich jedenfalls setzte meinen Weg fort, erreichte bald das Kellerfenster. Der Schlauch war entfernt worden, das Fenster verschlossen. Anschließend versuchte ich den Einstieg über den Balkon. Auch hier war alles verriegelt.

Ich sprang auf das Fensterbrett, von wo aus das Innere der Wohnung erkennbar war. Kein Licht brannte. Dann entdeckte ich den nackten Fuß der Frau, der unter der Bettdecke hervorlugte und zuckte, als wollte er ein Insekt vertreiben. Sie schlief! So früh schon?

Von meinen Kindern war nichts zu erkennen. Ich drückte mich hoch, um besser sehen zu können, scharrte mit den Pfoten am Glas und rief nach ihnen. Ein weißes Gesicht reckte sich unter dem Bett hervor. Die Weiße öffnete den Mund, doch die Fensterscheibe zwischen uns schluckte ihre Laute. Kurz blickte sie mich an, dann verschwand sie aus meinem Blickfeld.

Ich wartete und wusste, dass der Graue es mit einiger Verzögerung seiner Schwester nachtun würde. Er ließ sich Zeit, aber als er begriff, dass ich zurückgekommen war, sprang er auf die Fensterbank, so nah zu mir wie nur eben möglich. Er presste seinen Körper gegen die Scheibe. Ich tat dasselbe, spürte jedoch nichts als Kälte. Sein erhobener Kopf senkte sich, als wäre ihm das Genick gebrochen worden. Schlaff sank er nieder.

Komm schon! Hol mich, sagte sein Blick. Wenn das nur so einfach wäre!

Als die Weiße wieder auftauchte, tropfte etwas von ihrem Mund. Sie leckte mit der Zunge darüber und mir war, als könnte ich ihr genüssliches Schmatzen hören. Dann sprang sie aufs Bett und schnupperte an den Beinen der Frau. Mir wurde vom Zusehen schwindelig. So sehr ich sie durch mein Scharren und Maunzen davon abzuhalten versuchte, bewirken konnte ich nichts. Sie kuschelte sich an den Bauch der Frau. Das raubte mir den Atem! Ich schnappte nach Luft, sie hatte sich bereits zusammengerollt.

Der Graue presste seinen Kopf noch dichter gegen die Fensterscheibe und ich spürte, dass er dasselbe dachte wie ich. Ich maunzte, gurrte, sah ihn eindringlich an, um ihn dazu zu bringen, seine Schwester von dort wegzuzerren und wusste gleichzeitig, dass er es niemals wagen würde, auch wenn er meine Botschaft verstand. Nie näherte er sich Unbekanntem.

Ich schloss die Augen, öffnete sie wieder, als könnte ich auf diese Weise das Bild, das ich sah, wie einen Traum vertreiben. Es war aussichtslos. Diese Erkenntnis schmerzte mehr als mein hungriger Magen und die Kälte. In den abgeknickten Ohren und de leeren Augen des Grauen spiegelte sich eine ähnliche Enttäuschung, die mir galt.

Bisher war ich für ihn diejenige gewesen, die jede Situation gemeistert hatte, die ihn beschützte. Ich hielt seinem Blick nicht länger stand, drehte mich um und sprang über den Balkon auf den Hof. Wenn mir irgendjemand helfen konnte, dann Antonio. Sein Rufen war schon von weitem zu hören. Er hockte vor seiner Haustür und wollte hineingelassen werden. Als ich mich ihm näherte, zuckte ich zurück. Ein Großteil seines Fells war schwarz gefärbt. Wie er stank! Es war kaum zu ertragen. Nun wurde mir klar, was sich in dem Eimer befunden hatte, den er unbedingt begutachten musste. Als er mich erkannte, klagte er noch lauter. Er rieb sein Fell an der Hauswand. Es sah aus, als malte er dort Gewitterwolken. Mit aufgerissenen Augen blickte er mich an. Hatte er es nicht besser verdient? Alles schien ihm wichtiger zu sein als seine eigenen Kinder: die fremde Katze, seine Abenteuer, der Farbeimer. Ich wollte keinen Streit beginnen und schob meinen Ärger beiseite. Als ich das bernsteinfarbene Leuchten in seinen Augen sah, drückte ich meinen Kopf an seinen. Warum ging er nicht ins Haus? Ich presste meine Pfote gegen die Katzenklappe, doch nichts bewegte sich. Auch meine nächsten Versuche hatten keinen Erfolg. Dann kam mir Antonio zur Hilfe. Gemeinsam warfen wir uns gegen das Türchen, versuchten, es mit unseren Krallen auszuhebeln, bis es draußen hell wurde.

14 *Christina*

Das Erste, was sie beim Aufwachen spürte, war die Wärme an ihrem Bauch. Dann bemerkte sie das leise Schnurren, das den kleinen Katzenkörper vibrieren ließ. Christina blieb ganz ruhig liegen, um das weiße Kätzchen nicht zu verscheuchen. Das Zwielicht der Dämmerung schien herein. Zwischen dem Grau der Außenwelt und dem Halbdunkel im Zimmer saß das graue Kätzchen auf der Fensterbank. Es verharrte regungslos wie eine Statue, blickte in den Hof, als warte es auf irgendjemanden. Sein Fell, das am Nacken eine breite Halskrause bildete, glänzte silbern.

Langsam und gleichmäßig zog sie ihre Hand unter der Bettdecke hervor. Das Kätzchen sah auf und verstärkte sein Schnurren, das an das Brummen eines Motors erinnerte. Es war, als wäre es hier schon immer zuhause gewesen. Nina und Tom, so würde sie die Geschwister nennen. Sie streichelte Nina an der Seite, woraufhin das Kätzchen sich auf den Rücken legte und den Bauch in die Höhe reckte. Nun erkannte sie, dass es wirklich eine Katze und kein Kater war. Der Name passte, er hatte etwas Verschmitztes, fand sie.

„Hallo Nina", flüsterte sie und ihr war es, als würde sie bei Nina ein Lächeln bemerken.

Irgendwann begann Nina, aus den Streicheleinheiten ein Spiel zu veranstalten, indem sie sanft nach der Hand schnappte und sich schließlich um ihre eigene Achse drehte. Bald mischte sich Tom in das Spiel ein, versuchte, die Hinterläufe seiner Schwester zu fangen.

Christina wurde es nicht langweilig, die beiden zu beobachten, wie sie sich gemeinsam auf dem Boden balgten. Tom stand seiner Schwester in nichts nach. Er war es, der in seinem Übermut das Spiel auf das Bett ausdehnte, als wäre es eine Selbstverständlichkeit. Dabei war er so nah, dass sich bestätigte, dass sie auch hier ihr Gefühl nicht getäuscht hatte: Tom war ein Kater.

„Hallo Tom!" Als sie den Arm nach ihm ausstreckte, duckte er sich erst, sträubte das Fell und verschwand wieder in seinem Versteck. Unter sich hörte sie sein Schnurren. Nina blieb einen Augenblick lang unschlüssig am Fußende des Bettes sitzen, blickte sich um, dann folgte sie ihrem Bruder.

Christina setzte sich auf und betrachtete den Teller neben der Birkenfeige. Die beiden hatten den Joghurt kaum angerührt und die Erde der Zimmerpflanze als Katzentoilette benutzt. Dass sie daran nicht gedacht hatte! Sie würde noch etwas warten, bis die Rollläden in der Nachbarschaft hochgezogen wurden. Bestimmt konnte ihr jemand mit dem notwendigen Zubehör und mit einer Dose Katzenfutter aushelfen.

Zuerst trug sie die obere Erdschicht aus dem Blumentopf ab, befüllte ihn neu, nahm den angetrockneten Joghurt weg, öffnete das Fenster zum Lüften und ging ins Bad.

Bald spürte sie das warme Wasser, wie es über die Schultern prasselte, doch an diesem Tag konnte sie es nicht genießen. Immer wieder kehrten ihre Gedanken zu Nina und Tom zurück. Wie sollte es ihr gelingen, die beiden zu versorgen? Eine erwachsene Katze, ja, mit der würde sie leichter zurechtkommen. Hatte sie nicht einmal von spezieller Aufzuchtmilch gehört, mit der man Welpen und Katzenjunge füttern musste? Braucht sie nicht ein besonderes Trinkfläschchen? Sie stieg aus der Dusche, wickelte sich in ein Handtuch und massierte sich die Schläfen. Es war so kompliziert!

15   *Katze Luna*

Ich sah ihn bei meiner Rückkehr von der Mäusejagd schon von weitem. Antonio saß mit seinem geschwärzten Fell vor der Katzenklappe, als könnte er sie durch stoisches Anstarren dazu bringen, sich zu öffnen. Nicht einmal seine Schwanzspitze zuckte. Ich setzte mich neben ihn und wartete vergeblich darauf, dass er von mir Notiz nahm. Auf der Suche nach Nähe und Trost rieb ich meine Stirn an seinem Rücken, wo er nicht mit Farbe beschmiert war. Antonio drehte kurz den Kopf, dann wandte er sich wieder der Katzenklappe zu. Diesmal stieß ich ihn kräftiger an. Eine geschlossene Klappe war kein Weltuntergang.

Antonio reagierte nicht, tat so, als wäre ich gar nicht vorhanden. Mein dritter Stoß war so fest, dass er auf die Seite fiel. Als er mich ansah, war es, als blickte er auf einen Punkt, der knapp hinter mir lag. Er richtete sich auf und putzte sich die Schneeflocken aus dem Fell. Er verzog das Gesicht. Seine Ohren waren angelegt. In meiner Vorstellung sprang ich auf ihn, biss ihm in den Nacken. Doch auch das würde ihn wahrscheinlich nicht zur Vernunft bringen, sondern nur weiteren Streit produzieren. Ich verabschiedete mich.

Mein Hals fühlte sich eng an und meine Beine müder als zuvor. In seiner Gegenwart war es manchmal, als gäbe es zwischen uns einen Wettbewerb, wem von uns beiden es schlechter ging. Ihm mit der Farbe am Fell oder mir mit der Sehnsucht nach meinen Kindern? Ihm mit der verriegelten Klappe oder mir mit der verlassenen Gaststätte? Es war einer der Wettbewerbe, bei denen es keine Sieger, sondern nur Verlierer geben konnte. Ich wandte mich nicht mehr zu ihm um.

Als ich mich unter dem Hoftor durchzwängte, hörte ich ein Maunzen. Die Weiße! Ich erstarrte, hob den Kopf und sah, wie das Schlafzimmerfenster geschlossen wurde. Wäre ich nur einen Moment eher da gewesen! Meine Augen waren trocken und brannten, so dass ich sie schließen musste. Dann schüttelte ich mich und sprang auf den Balkon. Erst entdeckte ich die Weiße, die auf dem Bett tobte und in die Decke biss. Sie duckte sich, lauerte, ihr Schwanz peitschte, ihre Ohren zuckten. Etwas zitterte unter der Decke. Es war der Graue, dessen Pfote immer wieder unter dem Stoff hervorblitzte.

Zuerst dachte ich, es wäre nur ein Schatten, den ich im Flur gesehen hatte, doch mit dem Krachen der Tür verstand ich. Die Frau verließ das Haus!

Ich kratzte am Fenster. Die Weiße war so vertieft in ihr Spiel, dass sie mich nicht bemerkte. Der Graue war in seinem Versteck so abgeschirmt von der Außenwelt, dass er von meiner Gegenwart nichts ahnte. Ein Knirschen ließ mich innehalten. Es waren unverkennbar die Schritte der Frau im Schnee. Ich musste zu ihr, sie dazu bewegen, mich in die Wohnung zu lassen, um die beiden Kleinen zu holen. Sie registrierte nicht, dass ich ihr folgte.

Nur zwei Sprünge trennten mich von ihr und gleichzeitig fühlte es sich an, als wäre eine riesengroße Mauer zwischen uns. Ich wollte mich ihr nähern, konnte aber nicht. Meine Beine waren so taub vor Angst, dass ich immer weiter zurückfiel. Aus der Distanz beobachtete ich sie, wie sie zum Haus des Farbenmannes ging, an dem noch wartenden Antonio vorbei. Sie läutete, wartete, schlug sich an den Kopf und eilte zur nächsten Eingangstür, wo sie mit einem Mann sprach, der unentwegt mit den Schultern zuckte. Die Frau schlang ihre Arme um den Körper, als wolle sie sich gegen einen Angriff wappnen, dann setzte sie ihren Weg fort, von Haustür zu Haustür.

Schließlich kehrte sie mit einer Packung Katzenstreu, Milch und mehreren Katzenfutterdosen in der Hand zurück. Unter dem Gewicht der Last, die sie trug, bewegte sie sich gebeugt und langsam vorwärts, ohne sich umzusehen. Die bunten Verpackungen mit den Katzenbildern kannte ich nur zu gut. Früher in der

Familie war es der Mann gewesen, der sie vom Auto ins Haus getragen hatte. Und wie damals spürte ich, dass vor Spannung meine Schnurrhaare vibrierten, als könnte ich so erahnen, welche Geschmacksrichtungen sich in den Dosen verbargen.

Ich musste mich zurückfallen lassen, durfte nicht unvorsichtig werden, sagte ich mir, doch meine Beine beschleunigten ohne mein Zutun ihren Schritt. Ich glaubte, den würzigen Geschmack von Thunfisch auf meiner Zunge zu spüren, den hatte ich immer am liebsten gehabt.

Als die Frau die Verpackungen abstellte, um die Wohnungstür aufzuschließen, drehte sie sich abrupt um. Wir blickten uns in die Augen. Ich erstarrte. Neben meinem Wunsch zu flüchten zog es mich gleichzeitig zu den Futterdosen hin. Um an das Fleisch zu gelangen, war ich auf Hilfe angewiesen.

„Da bist du ja. Komm zu mir." Sie beugte sich herunter und reckte mir eine Hand entgegen.

Meine Nase zuckte. Das Zittern meiner Hinterläufe ließ sich nicht abstellen. Was dachte sie? Was wollte sie wirklich? Möglich, dass im Hausflur ein Karton stand, in dem sie mich bei nächster Gelegenheit gefangen nehmen würde.

„Ich tue dir nichts. Komm, Miez!" Sie rieb die Finger aneinander und schnalzte mit der Zunge, als wäre ich ein Pferd. Ich wich ein Stück zurück. Wieder sprach sie mich mit „Miez" an und bei dem

Zischlaut am Ende sträubte sich mir das Fell. Es klang wie ein Fauchen. Nur der Gedanke an die Weiße und den Grauen hielten mich vom Weglaufen ab. Die Frau war für mich die größte Gefahr und die größte Chance zugleich.

„Guck mal hier, was ich habe." Sie zog einen Deckel ab. Der Geruch nach Makrelen war so intensiv, dass ich schlucken musste. Makrelen. Die waren fast so gut wie Thunfisch!

Sie kam auf mich zu, blieb auf halber Strecke stehen. Den Dosendeckel benutzte sie wie einen Löffel, kratzte damit Futter aus der Dose und ließ die Bröckchen in den Schnee fallen.

Sie ging zurück zur Haustür und beobachtete mich. Der Duft war zu verlockend! Ich konnte nicht anders, als die Happen zu verspeisen, so hastig, dass ich gleichzeitig Schnee schluckte. Statt Sättigung zu spüren, knurrte mein Magen kräftiger als zuvor. Ich reckte die Nase in die Höhe, sog den Makrelengeruch ein und stutzte. An der Frau war auch die Witterung der Weißen wahrnehmbar, ganz schwach, aber doch so stark, dass ich mich nicht irren konnte. Es war, als wären die Gesichtszüge der Frau mit einem Mal sanfter geworden. Ihre Hände machten mir weniger Angst.

„Komm mit rein, da gebe ich dir mehr", sagte sie. Ich dachte an die Weiße und den Grauen. Gab es eine neue Chance für uns? Ein Ruck fuhr durch meinen Körper und ich setzte mich in Bewegung, um ihr zu folgen. Es widersprach aller Vernunft, doch manchmal musste man etwas tun, was halsbrecherisch war, damit man sich nicht hinterher sagen zu musste, dass man es nicht wenigstens versucht hatte. Die größten Fehler sind nicht all die falschen Handlungen, sondern zumeist diejenigen, die man sich nicht getraut hat zu versuchen, all die ungenutzten Möglichkeiten, das zu lange Zögern.

Sie schloss auf, hob Streu, Milch und Futter hoch, ging ins Innere des Hauses und ich folgte ihr, als hätte ich es schon unzählige Male zuvor getan. Vor der Wohnungstür hielt sie inne, stellte ihre Lasten ab, um zu öffnen. Während sie sich die Schuhe auszog, rannte ich an ihr vorbei.

Die Kleinen musste ich nicht rufen, sie kamen auf mich zugestürmt, warfen mich in ihrem Übermut fast um. Ihnen fehlte es an nichts. Alle meine Müdigkeit und Erschöpfung wich einer Wärme, die mich durchflutete. Mitten auf dem Wohnzimmerboden ließ ich mich auf die Seite fallen. Sofort begannen die beiden zu trinken. Nie hatte ich mich wohler gefühlt. Das war einer der Momente, in denen das Leben in absoluter Ordnung war, unabhängig von dem, was geschehen war und dem, was noch vor uns lag.

16 *Christina*

Als die Katzenfutterdose beim Öffnen klackte, kam die Kätzin angelaufen. Ihre Kinder folgten ihr protestierend, versuchten, die Zitzen zu erreichen. Immer wieder wurden sie von ihrer Mutter beiseitegeschoben, bis die beiden Kleinen ruhig sitzen blieben und warteten. Christina schmunzelte beim Zusehen. Die Katzenmutter fraß gierig, als hätte sie Angst, dass jemand kam und den Teller wegzog, bevor sie fertig war. Wie konnte ein so schmächtiges Tier nur eine solche Menge an Fleisch vertilgen? Sie leerte die Dose vollständig über dem Napf aus. Als die Kätzin sich abwandte, ging sie langsam und schwerfällig, der Bauch hatte eine Rundung, als wäre sie schwanger.

Die Katzenfamilie legte sich auf den Wohnzimmerteppich und Christina betrachtete vom Sofa aus, wie die Kleinen weitertranken, während sich ihre Mutter genüsslich mit Hilfe ihrer Vorderpfoten ihr Gesicht putzte. Luna, so würde sie die Katzenmutter nennen, überlegte Christina und hielt inne. Ihre Atmung wurde flach und angespannt. Was hat es für einen Zweck, den Katzen Namen zu geben, wenn sie doch nur vorübergehend bleiben konnten, bis das Tierheim wieder geöffnet war? Bei der Unterzeichnung des Mietvertrages hatte sie sich über den Paragrafen keine Gedanken gemacht, der die Tierhaltung untersagte. Ihr Blick schweifte abwechselnd zu Nina und zu Tom. Obwohl die alte Frau im Dachgeschoss einen Dackel besaß, machte Christina sich wenig Hoffnung, dass der Vermieter auch für sie eine Ausnahme machen würde, denn die alte Frau war seine Mutter, die noch weitere Sonderrechte genoss. Niemand sagte etwas, wenn sie einen Stuhl in den Aufzug schob und sich dort stundenlang von Stockwerk zu Stockwerk fahren ließ. Das war eine ihrer liebsten Freizeitbeschäftigungen, so, wie andere Menschen aus Langeweile Auto fuhren.

17   *Katze Luna*

Aus dem Augenwinkel sah ich einen Schatten vor dem Fenster vorbeihuschen. Oder hatte ich geträumt? Als ich den Blick hob, verstärkten die Weiße und der Graue das Schnurren. Ihre Botschaft war unmissverständlich: Alles ist gut, bleib liegen.

Ich starrte so lange auf die Stelle, wo ich die Bewegung wahrgenommen hatte, bis meine Augen brannten. Obwohl nichts zu erkennen war, nahm meine Unruhe zu. Da war jemand. Ohne Zweifel. Ich konnte die Anwesenheit wie ein Prickeln auf der Haut spüren, doch außer mir schienen weder die Frau noch die beiden Kleinen Ungewöhnliches zu bemerken. Die Frau schlief im Sessel mit zur Seite gesunkenem Kopf. Sie lächelte. Die Weiße und der Graue zuckten in ihren Träumen mit den Pfoten. Ihr Maunzen war klagend, als ich aufstand.

Ich pirschte mich zur Heizung und sprang mit einem Satz auf die Fensterbank. Autos standen eingeschneit im Hof, das Tor war geschlossen, kein

Mensch und kein Tier waren zu sehen. Nicht einmal einer der vielen Spatzen saß in der Hecke. Dann entdeckte ich Katzenspuren, die vom Hoftor zielstrebig auf das Haus zuführten. Antonio. Als hätte er meine Gedanken erraten, landete er auf der äußeren Fensterbank, nur einen Pfotenschlag von mir entfernt, schüttelte den Schnee aus dem Fell. Sein Blick verharrte auf der Frau. Dabei war er so nervös, dass sein Körper bebte, jeden Augenblick bereit, die Flucht zu ergreifen. Ich drückte die Stirn gegen die Scheibe, maunzte. Sie war harmlos, versuchte ich ihm zu erklären. Auch wenn ich den Grund dafür nicht kannte, hatte sie beschlossen, dass wir bei ihr bleiben durften, sonst hätte sie nicht im Badezimmer eine Katzentoilette hergerichtet.

Antonio sah mich mit weit aufgerissenen Augen an, als zweifelte er an meinem Verstand. Als er den Kopf wandte, erstarrte er. Ich blickte zur Seite. Die Frau war aufgewacht und beobachtete uns.

„Ich glaube es nicht. Wieder ein Streuner. Ist hier das neue Tierheim?" Beim Klang ihrer Stimme spürte ich, dass sie Antonio nicht wegschicken konnte. Dabei spielte es keine Rolle, was ihre Worte sprachen. Ich schmunzelte. Früher in der Familie mit den Kindern hatte ich mit viel Mühe gelernt, was die Menschen mit ihren Lautfolgen ausdrücken wollten. Und wofür das alles? Um anschließend festzustellen, dass die Worte gar nicht von großer Bedeutung waren.

Die Frau hatte sich längst entschlossen, auch wenn sie selbst davon noch nichts ahnte. Ich sprang von der Fensterbank, damit sie das Fenster besser öffnen konnte. Antonio blieb sitzen. Er hatte dasselbe gehört wie ich und doch sah ich ihm seine Zweifel an. Die Frau knetete ihre Finger, als wüsste sie mit ihnen nichts anzufangen. Dann endlich stand sie auf und ging zum Fenster. Mit dem kalten Luftzug wehten Schneeflocken herein.

18   *Christina*

Christina wachte vom Schrillen der Türglocke auf. Licht schimmerte rot durch ihre geschlossenen Augenlider. Sie blinzelte. Warum lag sie auf der Couch und nicht in ihrem Bett? Zum zweiten Mal ertönte das Läuten.

„Ich komme ja!" Ihre Stimme klang heiser. Sie massierte sich die Stirn. Das nächste Mal, bevor Müdigkeit sie nach dem Essen überwältigte, würde sie sich den Wecker stellen und den Mittagsschlaf auf höchstens zwanzig Minuten begrenzen!

Plötzlich war alles still. Sie atmete auf und ließ sich in die Polster zurücksinken. Vorsichtig reckten die vier Katzen ihre Köpfe und zogen sie schnell wieder ein, als es an der Fensterscheibe klopfte. Auch Christina zuckte zurück.

„Ach, Sie sind das!" Sie öffnete das Fenster.

Das Gesicht ihres Nachbarn war gerötet, als hätte er stundenlang in der Kälte gewartet. Er balancierte auf einem Mauervorsprung, um mit der Hand das

Fenster zu erreichen. Obwohl er sich an der Fassade festhielt, wankte sein Körper.

„Sie haben ...“, begann er und biss die Zähne zusammen, so fest, dass die Kiefermuskeln wie Ausbeulungen unter der Haut hervortraten.

„Wollen Sie nicht reinkommen?“ Sie unterdrückte ein Schmunzeln. Schon zu Schulzeiten war sie diejenige im Kreise ihrer Freundinnen gewesen, die es am schlechtesten schaffte, ein Lachen in unpassenden Situationen zu unterdrücken.

„Ich hatte geklingelt“, sagte er.

„Und ich habe einen Mittagsschlaf gemacht. Aber nun bin ich ja wach. Ich drücke den Türsummer.“ Ohne eine Antwort abzuwarten, schloss sie das Fenster und ging in den Flur, um zu öffnen. Von den Katzen war keine einzige zu sehen, als hätte jemand einen Staubsauger hervorgeholt.

„Bitte.“ Sie hielt die Tür auf. „Dort ist die Garderobe.“

Herr Schumann schien seinen Mantel nicht ablegen zu wollen. Er verschränkte die Arme und bemühte sich sichtbar, ruhig zu atmen.

„Am besten nehme ich Antonio sofort wieder mit und verabschiede mich“, sagte er.

„Antonio?“

„Meinen Antonio!“

Sie schüttelte den Kopf. „Ich kenne keinen Antonio.“ Während sie die Worte aussprach, erinnerte sie sich an das Foto, das er ihr in seiner

Werkstatt gezeigt hatte. „Ach, Sie meinen Ihre verschwundene Katze. Den hellgrauen Perserkater mit den gelben Augen."

„Bernsteinfarben."

„Den habe ich nicht gesehen, sonst hätte ich Bescheid gegeben."

„Schon am Vormittag habe ich ihn an Ihrem Küchenfenster entdeckt. Er war so schnell weg, dass ich ihn nicht richtig sehen konnte. Gerade saß er wieder dort. Und diesmal habe ich Antonio genau erkannt."

Sie fühlte sich wie bei einem Verhör. Was dachte er von ihr? Sie zwang sich, die Schultern nicht sinken zu lassen, ihrer Stimme einen festen Klang zu geben: „Wenn Sie Ihren Mantel anbehalten wollen, gut. Sie können gerne die Wohnung durchsuchen. Reden hilft hier ja anscheinend nicht weiter. Suchen Sie Ihren Antonio. Und vorher ziehen Sie sich die Schuhe aus. Ich habe keine Lust, hinterher den Schneematsch wegzuputzen."

„Ich weiß, was ich sehe."

„Ja, ich habe einen zugelaufenen Kater, und der hat auch längeres Fell. Aber er ist grau-schwarz gescheckt und grüne Augen."

Seine Lider flatterten. Er lehnte sich an die Tür. Ihr war es, als könnte sie seine Gedanken hören, wie es in ihm arbeitete, wie er zweifelte.

„Ich muss mich überzeugen."

Sie wandte sich zum Wohnzimmer. Mit einem Mal tat er ihr leid. „Ich hole ihn." Sie tastete unter den Sessel und fühlte ein einziges, großes, zitterndes Fellknäuel. „Kommt mal raus." Sie schnalzte mit der Zunge. Die Katzen rückte nur dichter zusammen. „Sie sind scheu. Streuner eben", sagte sie und schrie auf, als sich eine Kralle in ihre Hand bohrte. Es war, als hätte sie jemand mit Nadeln gestochen. Doch das würde sie nicht von ihrem Plan abbringen. Sie ertastete einen breiten Kopf, packte den Nacken und zog den Katzenkörper hervor. Ein mehrstimmiges Fauchen war die Antwort.

„Habe ihn." Sie hob ihn hoch, drückte ihn an sich, obwohl er sich mit allen Pfoten gegen sie stemmte und immer wieder zubiss.

„Antonio!" Herr Schumanns Stimme überschlug sich und wirkte auf den Kater wie ein Startschuss. Er wand sich so ruckartig, dass Christina ihn nicht mehr halten konnte. Das Tier preschte ins Schlafzimmer.

„Sie haben ihn erschreckt! Haben Sie nicht gemerkt, dass sein Fell schwarz gescheckt ist? Die grünen Augen?"

„Ich gehe nicht ohne Antonio!"

„Das ist nicht Ihr Antonio!"

„Für wie dumm halten Sie mich? Da war nichts Schwarzes. Und die Augen waren bernsteinfarben." Er schlüpfte aus seinen Schuhen und lief dem Kater nach, an ihr vorbei.

Ihre Beine fühlten sich mit einem Mal brüchig an und sie merkte, wie ihre Hand sich automatisch zu den Schultern hob, um nach alter Gewohnheit nach den Haarsträhnen zu tasten, die längst abgeschnitten waren. Sie wusste, was sie gesehen hatte. Sie war nicht blind! Welcher Kater konnte sich verwandeln?

„Schwarz, grüne Augen? Und hier sind ja noch weitere Katzen. Sammeln Sie alle Tiere aus der Nachbarschaft ein?" Seine Stimme bebte.

Sie antwortete nicht, denn seine Fragen hörten sich nicht an, als wollte er eine Erklärung hören. Sie starrte auf das zitternde Fellbündel in seinem Arm. Die schwarzen Flecken waren verschwunden. Wie war das möglich? Nur an seinem Kinn war ein dunkler Kreis zu sehen. Doch der Kater blickte sie mit eindeutig smaragdgrünen Augen an, so intensiv, als würde er ununterbrochen um Hilfe rufen.

„Sie tun ihm weh", sagte sie.

„Das ist mein Kater und es ist meine Sache, wie ich ihn anfasse. Wenn ich locker lasse, ist er weg."

Sie schüttelte den Kopf und beobachtete, wie es Herrn Schumann gelang, sich die Schuhe anzuziehen, ohne dabei die Schnürsenkel zu öffnen und ohne den Kater abzusetzen. Noch einmal traf sich Antonios Blick mit ihrem und sie hielt den Atem an. Plötzlich waren Antonios Augen bernsteinfarben. Nicht mehr grün. Sie leuchteten wie Flammen. Während Herr Schumann die Haustür öffnete, verschwand der Kater für einen Moment hinter der Schulter des Nachbarn, als er dann wieder hervorblickte, waren seine Augen so grün wie das Meer in der Südsee.

„Lassen Sie mich erklären …", rief sie.

Die Tür fiel ins Schloss. „Verdammt!" Sie lehnte sich gegen die Wohnungstür. Am liebsten hätte sie Antonio angeschrien. Spielte der Kater ein Spiel mit Regeln, die sie nicht verstand? Um die Gedanken auf etwas anderes zu lenken, würde sie sich eine Extrarunde um den Wasserturm gönnen. Das war ihr Rezept, das immer half.

19   *Katze Luna*

Antonio war viel zu gutmütig! Er hatte es versäumt, dem Farbenmann Manieren beizubringen und nun konnte er sehen, wohin das führte. Ich schwor mir, mich von der Frau nie wie ihr Eigentum behandeln zu lassen. Ich bin doch kein Stofftier!

Die Wut und die Anspannung der Frau waren so intensiv, dass ich ein Beben in mir spürte. Sie tat mir leid, wie sie zum vierten Mal versuchte, die Schnürsenkel zu binden, und sich die Bänder zum vierten Mal lösten. Ich stupste die Weiße und den Grauen, um zu zeigen, dass alles wieder in Ordnung war. Ich würde der Frau folgen. Es war nicht gut für sie, allein zu sein. Sie brauchte mich dringender als die Kleinen, die satt waren und einen Spielplatz aus Sesseln, Gardinen und Schränken vor sich hatten. Es konnte ihnen nicht langweilig werden.

Der Graue maunzte hoch und leise wie ein Neugeborenes. Ich leckte ihm noch einmal über die Ohren. Er sah mich fragend an, dabei kannte er die

Antwort schon. Ich musste gehen! Vorsichtig schob ich meinen Kopf unter seinen Nacken, so dass er sich aufrichten musste und nicht wie ein Häufchen Elend in sich zusammensinken konnte. Er sah mich an, wie ich mich mit erhobenem Kinn vor ihm aufsetzte. Wir waren stolze Katzen! Was auch immer passierte, wir hielten uns aufrecht. Wir bestimmten das Leben, anstatt die Kontrolle abzugeben. Wir waren Gäste, aber niemals Besitztümer. Ich sah der Weißen an, dass sie diese Lektion längst begriffen hatte. In ihren Augen war ein lebendiges Flackern. Der Versuch des Grauen, sich aufzurichten, wirkte unbeholfen. Er wusste, was ich meinte, sein Gefühl schien ihm das Gegenteil zu sagen. Ich wünschte, er würde nicht so sehr nach seinem Vater schlagen! Aus seinen Augen sprach eine nicht enden wollende Frage. Warum war es nur so schwierig, den eigenen Kindern die Grundlektionen des Lebens beizubringen?

Doch nun war keine Zeit, um an Grundsätzlichkeiten zu arbeiten. Ich eilte los, der Frau nach.

„Entschuldigung", sagte sie, als sie mich mit der Tür fast einklemmte. Dabei sah sie mich genau so an, wie der Graue einen Augenblick zuvor. Sie verharrte kurz, und als ich treppab sprang, zog sie die Tür zu und folgte mir.

„Du erträgst es drinnen wohl auch nicht mehr?", fragte sie.

Ich schnurrte um ihre Beine. Ihr Blick klarte sich auf. Dann lief sie los. Diesmal fiel es mir schwer, ihr zu folgen. Mein Magen war noch von der letzten Fischmahlzeit gefüllt und gleichzeitig rannte die Frau schneller als gewöhnlich. Nur mit Mühe gelang es mir, den Abstand zwischen uns nicht zu groß werden zu lassen.

Je länger wir unterwegs waren, umso intensiver kamen die Zweifel: Was taten wir eigentlich? Warum ging die Frau nicht zum Farbenmann und holte Antonio zurück? Ich blieb stehen, sah ihr nach, wie ihr Körper in der Ferne immer kleiner zu werden schien, und spürte meinem Atem nach, wie er sich langsam beruhigte. Interessierte denn niemanden, was Antonio wollte? Wenn die Frau nicht tat, was notwendig war, war ich diejenige, die handeln musste. Meine Muskeln strafften sich. Bei dem Gedanken, was mir bevorstand, stieg Hitze in mir auf. Ich sollte mich nicht in fremde Angelegenheiten mischen, hatte mir meine Mutter versucht beizubringen, wenn ich voller Bisswunden zu ihr zurückgekehrt war. Doch ich konnte nicht anders. Wie sollte ich da tatenlos zusehen?

Schon von weitem hörte ich abwechselnd das Hämmern und das Kreischen der Säge. Das Tor zur Werkstatt stand offen. Um zu Antonio zu gelangen, musste ich die Staubwolke durchqueren. Allein die Vorstellung schmerzte. Trotzdem zwang ich mich, nicht zu flüchten, sondern den Atem anzuhalten und meinen Weg zügig fortzusetzen. Im

Vorbeigehen blickte ich kurz in das Gesicht des Farbenmannes. Seine zusammengezogenen Augenbrauen, die angespannten, zu einem Strich verengten Lippen und vor allem sein trauriger Blick ließen mich seine Gedanken zweifelsfrei erkennen. Er bemühte sich nicht einmal, die Erinnerung an die Frau und die Situation in deren Wohnung zu vergessen. Die Frau und der Farbenmann, sie waren sich so ähnlich, er mit seinem Lärmen, sie mit ihrem Laufen. Nur bemerken es beide nicht, weil sie aufeinander losgingen wie Hund und Katze.

Auf dem Weg zu Antonio kletterte ich über Bücherhaufen, verfing mich mit der Pfote in der Schnur einer herumliegenden Jacke. Ich musste schmunzeln. Die Frau, wie ich sie kennengelernt hatte, würde diese Unordnung sofort aufräumen.

Ich fand Antonio mitten auf dem Wohnzimmerteppich. Er lag auf der Seite und starrte reglos vor sich hin, dass ich nicht wusste, ob er wach war oder mit offenen Augen schlief. Als ich meine Nase in sein Fell grub, das noch immer beißenden Farbgeruch in sich trug, zuckte er zusammen und schrie auf. Er sah mich an, als wäre ihm ein Geist erschienen. Ich rollte mich auf den Boden vor ihn hin. Er gähnte. Seinen Kopf schob er auf meinen Bauch. So war das nicht geplant. Doch als ich versuchte, mich aufzurichten, drückte er mich mit seinem Gewicht nieder und legte sich mit seinem gesamten Oberkörper auf mich. Wie schwer er war! Sanft leckte er über meine Stirn und in mein Ohr, dort, wo es so sehr kitzelt, dass es das Schönste und das Schrecklichste zugleich war, was es auf der Welt gab. Ich konnte nicht anders, als die Lider zu schließen und dem Kribbeln seiner Zunge nachzuspüren.

20   *Christina*

Immer häufiger sah Christina von den beiden spielenden Kätzchen auf. Sie blickte abwechselnd zum Balkon und zum Wohnzimmerfenster. Tom schien ihre Gedanken zu erraten, denn auch er war beim Tollen unkonzentriert, so dass er von seiner Schwester zunehmend Schläge und Bisse einstecken musste. Schließlich hielt sogar Nina inne, reckte ihre Nase nach oben und schnupperte, stellte die Ohren aufrecht in Richtung Haustür. Christina merkte, wie sie den Atem anhielt. In der vollständigen Stille erschien das zischende Öffnen der Aufzugtür, das sonst kaum zu hören war, übermäßig laut. Schlurfende Geräusche wurden von einem schnellen Getrippel begleitet.

„Das ist nur die alte Frau mit ihrem Dackel."

Die Worte hatten auf die Kätzchen keine beruhigende Wirkung. Tom und Nina verharrten weiter reglos, bis Tom anfing zu maunzen, was wie ein hohes Fiepen klang. Als sie ihn streicheln wollte, wich er aus und lief ins Schlafzimmer, wo er unters Bett kroch. Nina sprang auf die Fensterbank, sie scharrte mit der Pfote am Glas. Christina knetete ihrer Unterlippe. So konnte es nicht weitergehen. Hätte Luna nicht schon vor Stunden zurück sein müssen? Der Himmel hatte sich in der Dämmerung über den Hausdächern rötlich verfärbt, die Kondensstreifen der Flugzeuge leuchteten hell und silbern. Noch war genügend Licht vorhanden, um auch unter geparkten Wagen und zwischen dem Geäst der Vorgärten etwas zu erkennen, doch nicht mehr lange.

Sie sah kurz zur Couch, dann zog sie sich ihre Winterschuhe und ihre Jacke an. Nina kam angelaufen und Christina nahm von hinten ein warmes Streichen über die Unterschenkel wie eine Aufmunterung wahr.

„Ich hol dir deine Mutter wieder her", flüsterte sie und wunderte sich, dass Nina diesmal vor der Hand nicht zurückwich, sondern sich mit dem Bauch auf den Boden legte, mit vorgeschobenen Pfoten wie eine Sphinx. Christina streichelte über den Katzenrücken und verließ das Haus.

Rufend lief sie die Straßen entlang, über die Felder bis zu der Gastwirtschaft. Luna war nicht zu entdecken. Nirgends hatten sich Katzenspuren in den frisch gefallenen Schnee gedrückt. Lohnte es weiterzusuchen? Sie spürte die Feuchtigkeit, die ihre Socken trotz der imprägnierten Schuhe klamm und kalt werden ließ. Auch hatte sich ihre Jeans mit Nässe vollgesogen. Wie eine Eismanschette klebte der Stoff an ihrem Unterschenkel. Sie zitterte, sobald sie stehen blieb.

Inzwischen war es so dunkel, dass die Bäume nur noch als undeutliche Schatten zu erkennen waren. Nicht einmal ihre Stirnlampe hatte sie dabei. Die Lichter der Stadt lagen wie eine gelblich schimmernde Dunstwolke über den Dächern. So hatte die Suche keinen Zweck. Sie lauschte in Richtung des Wasserturms. Hin und wieder durchbrach das Geräusch eines in der Ferne vorbeifahrenden Wagens das gleichmäßige Rauschen des Windes. Sogar das übliche Knacken im Unterholz war weg, als hätte sich alles Lebendige zurückgezogen. Kälte brannte auf ihrer Nase. Die Ohren pulsierten schmerzhaft. Um so zügig wie möglich zurück zu sein, nahm sie den Weg neben der Straße, auch wenn dort der Matsch aus Streusalz und Schnee durch die Kleidung drang.

Die beleuchteten Fenster, die immer mehr Kontur gewannen, je näher sie kam, waren wie ein Versprechen. Erneut setzte das Hämmern und Sägen ein. Hatte dieser Künstler nichts Besseres zu tun, als die gesamte Siedlung zu terrorisieren? Was hielt ihn davon ab, seine Werkeleien, wenn er schon nicht darauf verzichten konnte, vormittags auszuüben, wenn die meisten anderen arbeiteten? Sie sollte einen großen Bogen um das Haus von Herrn Schumann machen, sagte sie sich, und lief gleichzeitig direkt auf den Lärm zu.

Da, am Küchenfenster saßen die beiden: Luna und Antonio einträchtig nebeneinander. Die Katzen sahen in die Dunkelheit, als würden sie auf irgendetwas warten. Nur das zeitweise Zucken der Ohren verriet, dass es sich um lebendige und nicht um ausgestopfte Tiere handelte. Christina musste sich zwingen, den Blick abzuwenden und auf die Garage zuzugehen. Das Tor stand offen. Sie stemmte die Hände in die Hüften und blieb nur wenige Schritte entfernt von Herrn Schumann stehen. Er schlug Nägel in ein rundes Holzstück, das immer mehr einem Igel ähnelte. Ihr Räuspern ging zwischen den Klopfgeräuschen unter.

„Herr Schumann!"

Er blickte nicht von seiner Arbeit auf. Meinte er, sie durch sein Ignorieren zum Gehen zu bewegen? Staub brannte in ihrem Hals. Sie griff zum Lichtschalter, drückte darauf und Sekunden später, als sie einen Aufschrei hörte, schaltete sie den Deckenstrahler wieder an.

„Sind Sie völlig verrückt geworden?" Er funkelte sie an und ließ den Hammer mit einem Knall fallen. Er lief zum Wasserhahn und hielt die Hand darunter.

„Ich wollte nur ... haben Sie sich auf den Finger ..." Sie schluckte und sah zu Boden.

„Nach was sieht es denn aus?"

„Es tut mir leid!"

„Was wollen Sie damit bezwecken?"

In ihrem Kopf dröhnte es. Sie hatte sich so viele Sätze zurechtgelegt und nun fiel ihr kein einziger davon mehr ein. Die Wut war verschwunden.

„Geht es Ihnen jetzt besser?", fragte er.

„Haben Sie nicht gehört, wie ich vor einer Stunde durch die Straßen gelaufen bin und auch in ihrem Vorgarten nach Luna gerufen habe?"

„Und was hat das mit mir zu tun?"

Konnte er wirklich so ahnungslos sein oder spielte er ihr etwas vor?

„Als Sie Antonio bei mir abgeholt haben, waren Sie Luna begegnet. Ich meine die braungetigerte Katze. Sie sitzt gerade neben Antonio an Ihrem Küchenfenster."

Er sah sie an, als verstünde er nicht, um was es ging. Dabei streckte er den Arm immer weiter unter den Wasserhahn.

„Gleich ist Ihr ganzer Kittel nass", sagte sie.

Er schüttelte den Arm, rieb mit einem Handtuch über die dunklen Wasserflecken. „Das glaube ich nicht!"

„Sehen wir einfach nach!"

Mit einer Handbewegung forderte er sie auf, ihm zu folgen. Im Vorbeigehen drehte sie das Wasser ab.

Synchron wandten Antonio und Luna ihre Köpfe. Christina und Herr Schumann blieben stehen, während beide Katzen auf sie zukamen. Luna schnurrte um Herr Schumanns Beine, Christina spürte Antonios warmen Körper durch den feuchten Jeansstoff. Ihre Schultern entspannten sich, ihr Atem floss ruhiger und gleichmäßiger.

„Ich nehme dann mal Luna mit und verabschiede mich." Sie ging einen Schritt auf die Katze zu, doch bevor sie zupacken konnte, war Luna verschwunden, als ahnte sie, was ihr bevorstand.

„Luna scheint anderer Meinung zu sein." Herr Schumann grinste.

„Zum Glück geht Antonio immer freiwillig mit Ihnen mit." Sie konnte diese Bemerkung nicht unterdrücken und musste lachen, als sie sah, wie sich seine Mundwinkel senkten. Schnell fügte sie hinzu: „Tut mir leid."

„Mir tut es leid. Aber als ich Ihr Rufen gehört hatte, wusste ich nicht, dass Luna bei mir war. Ich habe sie auch nicht so genau angesehen, als … lassen wir das. Darf ich Ihnen ein Getränk anbieten?" Er öffnete den Kühlschrank und hob eine Saftflasche hoch. Sie nickte und sah zu, wie er Traubensaft in Weingläser füllte. Sie nahm eines der Gläser entgegen, um ihm zuzuprosten.

„Ich bin Christina."

„Ulrich."

Sie schluckte, als sie sah, wie sich seine verletzte Fingerkuppe lila färbte. Sie wünschte, die Zeit eine halbe Stunde zurückdrehen zu können. Wieder hörte sie ein Rauschen in ihrem Kopf. „Wenn du in der Werkstatt etwas fertigstellen musst, gehe ich."

„Es ist nur ein Hobby, ich habe keinen Zeitdruck." Er betrachtete seinen Finger. „Ich selbst bin es, der den Druck macht."

„Hast du nicht gesagt, dass du die Skulpturen verkaufst?"

„Manchmal. Nach einer Ausstellung im Stadtmuseum arbeite ich mit der Galerie „neue Reihe" zusammen. Aber von Beruf bin ich Physiker."

Sie zwang sich, den Mund zu schließen. „Und ich dachte, ... ach deshalb sind Sie ... bist du immer ..." Vor ihrem inneren Auge fügte sich alles zu einem Bild, was dem völlig widersprach, was sie sich vorher zusammengereimt hatte.

„Ja?" Er sah sie an.

Wie sie es hasste, die Hitze an den Ohren und auf den Wangen zu spüren. Sie brauchte keinen Spiegel, um zu wissen, dass sie errötete.

„Ich glaube, ich sollte gehen. Meine Hose ist vom Schneematsch ganz nass. Und dein Kittel ist auch nass."

Zwinkerte er ihr zu oder bildete sie sich das nur ein?

21   *Katze Luna*

Ich folgte der Frau, ohne dass sie mich auffordern musste. Noch war ich gar nicht dazu gekommen, mir Antonios neuen Kratzbaum anzusehen und mit ihm darauf herumzutollen. Doch wie sich die Situation entwickelte, durfte ich sie unmöglich allein aufbrechen lassen. In ihrer Stimme war ein Zittern, das ich nicht deuten konnte. Ich wurde unruhig, als ich sah, wie sie ihre Finger so fest knetete, bis die Haut sich rötete. Wieder zuhause schaltete sie in allen Zimmern das Licht ein, beachtete uns Katzen kaum. Nachdem sie mir beiläufig über den Rücken gestreichelt hatte und ihr Blick kurz zu den balgenden Kleinen geschweift war, starrte sie nur geradeaus, als wären die Wände das Interessanteste an ihrer Wohnung.

Ich sprang auf die Fensterbank, um nicht länger zu fürchten, dass sie jeden Moment auf mich treten konnte, so unkonzentriert, wie sie wirkte. Die Kleinen verschwanden hinter dem Sofa. Ich wartete darauf, dass sie endlich aufhörte, wie ein gefangenes

Wildtier durch die geschlossenen Räume zu wandern. Ihr Atem ging schnell und unregelmäßig, als bekäme sie nicht genügend Luft. Nicht aus Hunger, sondern um sie abzulenken, stellte ich mich maunzend vor den Kühlschrank. Auch sie hatte noch nichts gegessen, ein gefüllter Magen würde sie möglicherweise beruhigen.

Nachdem sie zweimal fast über mich gestolpert war, seufzte sie, strich über meinen Körper, in der Art, wie sie immer die Sofakissen glättete, und öffnete eine Dose. Beim Fressen sah ich auf, ob ich sie zum Essen animieren konnte. Sie beachtete mich gar nicht weiter. Die Weiße und der Graue kosteten von dem Fleisch, doch dann nutzten sie es aus, dass ich endlich einmal ruhig in ihrer Nähe saß, und tranken gierig und schmatzend so viel meiner Milch, wie sie nur bekommen konnten. Ich hielt still, wartete, bis sie genug hatten, sich auf den Rücken warfen, mir ihre gerundeten Bäuche entgegenstreckten. Ich fuhr mit der Zunge darüber und erntete ein wohliges Schnurren. Beide sanken sie auf die Seite, der Kopf der Weißen auf den Nacken des Grauen. Zusammengekuschelt, so eng, als wären sie ein einziger Körper, schliefen sie mitten auf den Fliesen des Küchenbodens ein. Sie nahmen gar nicht mehr wahr, wie die Frau wieder und wieder über sie stieg.

Ich ging ins Wohnzimmer und kratzte an dem Fenster, bis sie mich nach draußen ließ. Eilig sprang ich auf Antonios Haus zu.

Das Werkstatttor war geöffnet, doch der Werkraum lag trotz der hellen Beleuchtung verlassen vor mir. Aus dem Innern waren schnelle, gleichmäßige Schritte zu hören. Als ich mich weiter näherte, wehte mir derselbe schwülwarme Geruch entgegen, dem ich gerade entflohen war.

Antonio saß auf seinem Kratzbaum. Mit seinem Blick folgte er dem Farbenmann von rechts nach links, von links nach rechts, so dass es aussah, als schüttelte Antonio den Kopf. Warum zog der Mann nicht wenigstens seine Schuhe aus, damit die Geräusche der Sohlen nicht mehr durch die Räume hallten? Immer wenn er mit rechts auftrat, hörte sich das Klacken besonders dumpf an. Der Farbenmann schien nicht zu bemerken, dass unter dem Schuh ein dünnes Holzstück klemmte. Dafür peitschte Antonio bei jedem Schritt mit dem Schwanz und zuckte dabei kaum merklich, als kämpfte er unentwegt gegen seinen Fluchtinstinkt an. Der Kratzbaum war nicht nur der Ort, von dem aus man den besten Überblick hatte, er bot mit seiner Höhe auch Schutz, weil nicht einmal der Farbenmann das höchste Sitzplateau erreichen konnte. Was war mit den beiden Menschen nur los? Ich sah Antonio fragend an. Er änderte weder Gesichtsausdruck noch Körperhaltung.

Ja was denn? Ich sprang zu ihm, stieß ihn an. Er richtete sich auf, bis er einen Kopf größer wirkte, und plusterte sich auf, als meinte er, mich damit beeindrucken zu können.

Ein Stoß mit meiner Nase reichte und er fiel auf die Seite. Für seine Annäherungen hätte er keinen schlechteren Zeitpunkt aussuchen können. Sein Atem klang wie ein Stöhnen. Mit der Nasenspitze deutete er zum Farbenmann, nahm wieder für einen Moment seine Balzposition ein. Dann begann er, sich zu putzen.

Ich blinzelte, sah abwechselnd zu dem Farbenmann und zu Antonio. Wie konnte ich nur so blind sein? Antonio hatte recht! Aber warum gingen die beiden nicht aufeinander zu? Menschen waren kompliziert.

Ich verabschiedete mich, um die Nacht mit der Weißen und dem Grauen gemeinsam unter dem Bett zu verbringen, der einzige Ort, wo ich Ruhe fand.

Es dauerte lange, bis die Weiße an meinem Bauch eingeschlafen war und noch länger, bis dem Grauen die Augen zufielen. Ich konnte nicht anders, als zurück ins Wohnzimmer zu schleichen, um zu beobachten. Die Frau schaltete am Fernseher durch die Programme, dann schaltete sie das Gerät aus. Sie griff zum Telefon, legte es wieder weg, ohne zu wählen, schlug ein Buch auf und klappte es zu, bevor sie eine Seite umgeblättert hatte. Irgendwann blieb ihr Blick an mir hängen. Während sie verharrte, sah sie mich an, als könnte sie meine Gedanken lesen. Auch mir war es, als hörte ich ihre unausgesprochene Frage wie ein Echo von einer

Wohnzimmerwand zum nächsten geworfen: So einfach war meine Lösung? Ungläubigkeit zeichnete sich in ihren Augen ab. Dabei war es nur zu offensichtlich, dass der Farbenmann auf genau die Zeichen und Worte von ihr wartete, die sie sich von ihm erhoffte. Wenn jeder der beiden den anderen nur sehen könnte!

Ihre Finger gruben sich in mein Fell. Ich spürte, wie sich ihre Bewegungen verlangsamten und ihr Atem beruhigte. Dann schob sie einen Sessel an die Fensterbank und setzte das Streicheln fort. Es war, als würde sich die Müdigkeit zwischen uns weiter ausdehnen, sich wie eine Wolke um uns legen. Noch versuchte ich, den Kopf aufrecht zu halten, obwohl er sich immer schwerer anfühlte. Doch ich wollte bei ihr bleiben, ihr durch meine Nähe und Aufmerksamkeit Mut zusprechen.

Von wütendem Hundegekläff schreckte ich auf. Es dauerte ein paar Atemzüge, bis ich mich orientiert hatte. Ich war am Fenster eingeschlafen, hatte dort den Rest der Nacht verbracht. Die Stirn der Frau ruhte auf mir, mit ihrer Hand griff sie so fest in mein Fell, als wäre sie eine Ertrinkende und ich diejenige, die sie aus dem Wasser zöge.

Bald erkannte ich die Ursache des Lärms: Ein Dackel sprang außen an der Hauswand hoch. Meinte er, mich damit beeindrucken zu können? Ich sollte ihn ignorieren, doch so viel Gleichmut war mir noch nie gelungen. Ich richtete mich auf und fauchte, was die Frau aufweckte. Mit ausgefahrenen Krallen kratzte ich an die Scheibe und zeigte dem Hund meine Zähne. Er jaulte auf, als hätte ich ihn bereits mit einem Schlag mitten im Gesicht erwischt. Sein eingezogener Schwanz und seine geduckte Haltung besänftigten mich, so dass ich meinen Körper entspannte. Nur eines verstand ich nicht. Warum ging er nicht einfach seines Weges? Er blieb in seiner Demutshaltung vor dem Fenster hocken, als wartete er auf irgendetwas.

Sie tauchte so plötzlich wie ein Geist auf, ohne dass ich begriff, aus welcher Richtung sie sich genähert hatte. Eine alte Frau. Ihre Augen waren so schwarz, wie ich es nie zuvor bei einem Menschen gesehen hatte. Mich schauderte. Kurz schweifte ihr Blick über mich, dann hob sie den Arm zu einem angedeuteten Gruß, ließ ihn wieder sinken und stemmte die Hände in die Hüften. Ich wandte den Kopf ab und es war, als könnte ich ein Zischen hören, ähnlich einem Fauchen, das irgendwo zwischen den beiden Frauen stand.

22 *Christina*

Christina zuckte bei dem Läuten zusammen, obwohl sie damit gerechnet hatte. Jedes Mal, wenn Frau Schmittke klingelte, hielt die alte Frau den Knopf so lange gedrückt, bis jemand öffnete. Christina zwang sich zur Ruhe. Sie ahnte, um welches Thema es gleich gehen würde.

„Die Katzen müssen weg. Wissen Sie nicht, dass hier im Haus die Tierhaltung verboten ist?" Frau Schmittkes Atem beschleunigte sich. „Und wie dieses Biest meine Lady erschreckt hat. Nicht, mein Kleines? Das darf die Katze nicht." Sie beugte sich nach unten, um den Dackel zu streicheln, doch der wich ein paar Schritte zurück.

„Guten Tag, Frau Schmittke. Haben Sie schöne Weihnachten gehabt?"

„Versuchen Sie bloß nicht sich rauszureden. Ich sage meinem Sohn Bescheid."

„Tun Sie das." Christina verabschiedete sich und schloss die Tür. „Wie nett", murmelte sie und sah Luna an, die mit weit geöffneten Augen auf dem

Schuhregal saß. Ihr Kopf war zur Seite gelegt, als staune sie ungläubig über das, was sie eben gehört hatte. Christina massierte sich die Stirn. Sie musste klar denken, handeln, bevor Frau Schmittke es tat. Wenn die alte Frau nicht die Vorbesitzerin des Hauses und die Mutter des jetzigen Vermieters wäre … wenn sie selbst das bereits beim Einzug gewusst hätte – sie unterbrach ihre Gedankenkette. Das half nun auch nicht weiter. Sie griff zum Telefon, um die Nummer des Vermieters zu wählen. Mit ihm würde es sich reden lassen, wenn Frau Schmittke nicht schneller war. Erst ertönte das Freizeichen, dann die Ansage eines Anrufbeantworters.

Der Notizzettel mit der Anschrift des Tierheims lag noch auf dem Küchentisch. Tierheim, das Wort hallte in ihr nach. Zum Glück war Sonntag, so dass ihr ein Aufschub von knapp vierundzwanzig Stunden blieb.

Als Luna auf den Tisch sprang und Christina das Fell weich und warm an ihrer Stirn spürte, löste sich eine Träne aus ihrem Augenwinkel. Die Katzenfamilie abgeben? Für die Jungen würde sich bestimmt jemand finden. Aber wer nahm ein älteres, eher scheues Tier zu sich? Wie würde die freiheitsgewöhnte Luna mit der Gefangenschaft zurechtgekommen? Sie wollte sich diese Situation nicht konkret ausmalen, doch die Bilder tauchten ohne ihr Zutun auf. Sie streichelte über Lunas Rücken, setzte dann die Katze auf den Boden.

„Nicht auf den Tisch. Der ist zum Essen da."

Luna sprang ein zweites Mal hoch, woraufhin Christina sie wieder runter hob. Das wiederholte sich, bis sie die Katze packte, mit ins Wohnzimmer trug und die Küchentür schloss. Sie kraulte Lunas Fell und versuchte, das Tier zu beruhigen, bis sie merkte, dass sie selbst es war, von der die Unruhe ausging. Sie wollte die Katzen nicht mehr hergeben, auch wenn sie nicht wusste, wie es ihr gelingen sollte, die Drei zu behalten.

23 *Katze Luna*

Dass wir nicht unser gesamtes Leben in dieser Wohnung verbringen konnten, hatte ich geahnt, nicht aber, dass alles so schnell vorbei sein sollte. In den letzten Tagen hatte ich meine Wachsamkeit verloren und es genossen, sorglos an der Heizung im Wohnzimmer zu liegen, beidseitig gewärmt von dem darunterliegenden Heizungsrohr, oben vom Heizkörper. Die Frau sah mich traurig an, als hätte sie sich bereits von mir verabschiedet, obwohl sie mir das Gegenteil versprach. Ich spürte, wie der Blick der Weißen auf mir ruhte. Sie beobachtete meine Bewegungen, wartete dabei auf ein Zeichen, das ihr zeigte, was zu tun war. Bei jedem Geräusch zuckte sie zusammen, bei jedem Räuspern der Frau legte sie die Ohren an, als erwartete sie, dass die Frau eine Kiste holte, um uns hineinzustecken. Doch das würde sie nicht tun, dafür lag zu viel Trauer und Unsicherheit in ihrer Körperhaltung. Der Graue, der sonst drohendes Unheil als erster wahrnahm, schlief zusammengerollt auf dem Sessel im Arbeitszimmer. Er hatte von dem Streit an der Haustür nichts mitbekommen.

„Was soll ich nur tun?" Die Stimme der Frau bebte. Ich sah ihr direkt in die Augen, setzte mich aufrecht hin, wandte meinen Blick zum Haus des Farbenmannes. Ahnte sie, was ich meinte? Sie ließ den Kopf auf die Tischplatte sinken. Eigentlich hatte ich geplant, ihr mehr Zeit zu lassen. Aber nun war ein weiteres Abwarten gefährlich geworden. Maunzend sprang ich auf und stupste sie am Bein. Sie zögerte. Als ich noch einmal maunzte, folgte sie mir bis zum Schlafzimmer. Sie blieb im Türrahmen stehen und sah mir zu, wie ich an der Scheibe der Balkontür scharrte.

„Luna! Nicht!"

Ich kratzte schneller und kräftiger, bis sie die Tür öffnete, dann setzte ich mich halb auf den Balkon, halb ins Zimmer.

„Was denn nun? Rein oder raus?" Sie schlang die Arme um ihren Oberkörper, versuchte, mich mit der Tür ins Freie zu drücken. Ich fauchte. Sie wandte sich in Richtung Küche. Am Geräusch eines Stuhls, der über Fliesen gerückt wurde, erkannte ich, dass sie sich hingesetzt hatte. Die Weiße kam angelaufen. Als sie an mir vorbei nach draußen wollte, hielt ich sie auf. Jetzt mussten sie meinem Kommando folgen! Ohne Widerspruch.

Sie senkte den Kopf und verharrte, während ich den Grauen weckte. Sein Maunzen klang wie ein jämmerliches Fiepen. Er wollte sich von mir wegdrehen. Diesmal ließ ich nicht von ihm ab, packte ihn schließlich im Nacken. Schwer war er geworden, doch nicht so schwer, dass ich ihn nicht mehr tragen konnte.

An der Terrassentür setzte ich ihn neben seiner Schwester ab. Mein Atem ging schneller. Ich musste mir für die Zukunft eine andere Möglichkeit suchen, um meinen Willen durchzusetzen. Nun hatte die Machtdemonstration gereicht, damit er mir folgte.

Ich lief voran, dann kann er. Die Weiße bildete den Abschluss. An ihrem sicheren Schritt erkannte ich, dass sie bereits ahnte, wo unser Ziel lag.

24 *Christina*

Sie wusste nicht, wie lange sie aus dem Fenster gestartet hatte. Nach Christinas Empfinden waren Jahre vergangen, so gelähmt fühlten sich ihre Muskeln an. Kühle Luft wehte über ihren Nacken. Sie hätte die Terrassentür längst schließen sollen! Mit einem Ruck setzt sie sich in Bewegung. Sie wollte die Katzen behalten, musste aber bei dieser Entscheidung mit einer Kündigung rechnen. Günstige Wohnungen waren immer schwerer zu bekommen und das war noch untertrieben. Mit drei Katzen als Mitbewohnern gab es kaum eine Auswahl an passenden Wohnungen. Trotzdem würde sie die Katzenfamilie nicht abgeben, nicht kampflos.

Im Schlafzimmer war es so kalt, dass die Birkenfeige begann, Blätter abzuwerfen. Sie schloss die Terrassentür. Beim Einsammeln der abgefallenen Blätter sah sie unter das Bett. Die Katzen waren nicht da. Sie lauschte. Nur das

Rauschen ihres Blutes in ihren Ohren war zu hören.

Auch unter dem Sofa und den Sesseln, in den Ritzen zwischen Schränken und Wand war keines der Tiere zu entdecken. Andere Verstecke gab es nicht. Ohne ihr Zutun öffnete sich die Faust ihrer rechten Hand, so dass die aufgelesenen Blätter wie Schneeflocken auf den Boden rieselten. Sie schlüpfte in ihre Schuhe und verließ die Wohnung.

Der Schnee war mit einer dünnen Eisdecke überzogen, am Straßenrand lagen die ersten abgeschmückten Tannenbäume. Bei jedem Schritt zerbrach knirschend Eis unter ihren Füßen. Die Luft schmeckte nach Rauch. Trotz der Kälte und obwohl sie keine Jacke übergezogen hatte, fror Christina nicht. Warm pulsierte es bis in ihre Fingerspitzen.

Als auf ihr Rufen keine Reaktion erfolgte, wandte sie sich um. Ulrich arbeitete wieder, das erkannte sie an den Klopfgeräuschen, die aus seiner Werkstatt drangen. Als sie dem Haus näher kam, entdeckte sie Katzenspuren im Schnee, größere Pfotenabdrücke, die an beiden Seiten von kleineren Abdrücken eingerahmt wurden.

Da saßen sie, alle vier, auf einem Fensterbrett im ersten Stock.

„Hallo!", rief sie in die Werkstatt, woraufhin das Hämmern verstummte. Ulrich kam ihr entgegen, wischte seine Hände an der Jeans ab, bevor er sie begrüßte.

„Ist etwas passiert?"

Erst als es ihr schwindlig wurde, merkte sie, wie sie die Luft anhielt. Innen waren Staubsaugergeräusche zu hören, am Garderobenhaken der Werkstatt hing ein roter Wintermantel mit Pelzbesatz, dessen Farbe so intensiv war, dass sie im Halbdunkel zu leuchten schien.

„Ich störe wohl. Meine Katzen sind bei dir, alle drei ... sie sitzen auf der Fensterbank im ersten Stock." Ihr widerstrebte es, sich auch nur einen Schritt auf ihn zuzubewegen. Auf eine peinliche Begegnung konnte sie verzichten.

„Bin fertig!" Eine ältere Frau kam hinzu, die mit ihrer Körperfülle, ihrem verschmitzten Blick und ihren silbernen, kurzen Locken an die Darstellerin der alten Miss-Marple-Spielfilme erinnerte. „Du warst ein paar Tage unterwegs, deshalb ging es diesmal schneller. Soll ich noch was tun? Die Vorhänge waschen? Die hätten es mal wieder nötig." In ihrer Hand hielt sie einen Briefumschlag mit der Aufschrift „für Adelheid".

„Heute nicht mehr. Lass es gut sein."

„Besuch?" Die alte Frau sah Christina an, dann zwinkerte sie ihm vielsagend zu. „Bin schon weg, Jungchen." Er errötete. Sie nahm den roten Mantel und winkte zum Abschied.

Christina biss sich auf die Unterlippe, um vor Erleichterung nicht laut loszulachen.

„Willst du reinkommen? Adelheid mag es nicht, wenn man sie bei der Arbeit stört. Aber jetzt …"

Christina schluckte. Ihr wurde es abwechselnd heiß und kalt. „Gehen wir rein." Am liebsten hätte sie ihn umarmt.

25 Katze Luna

Antonio hat es aufgegeben, vergeblich nach neuem Futter zu betteln. Ihm und den beiden Kleinen waren längst die Augen zugefallen. Ich betrachtete abwechselnd den Farbenmann und die Frau, die sich gegenübersaßen. Sie redeten und redeten, als versuchten sie, sich innerhalb einer einzigen Nacht die gesamte Welt zu erklären. Zuerst berührten sich nur ihre Schuhspitzen, dann die Knie. Er legte seine Hand auf ihren Arm, ließ sie dort ruhen, bis die Frau sich neben ihn setzte und ihren Kopf auf seine Oberschenkel senkte.

Ich sah ihnen gerne zu, doch irgendwann begannen meine Augen zu brennen und ich nickte für kurze Zeit ein. Draußen dämmerte es schon, und die Pausen zwischen ihren Sätzen wurden länger. Noch immer verabschiedeten sie sich nicht.

„Es macht dir wirklich nichts aus, wenn die Katzen bei dir bleiben?", fragte sie.

„So hast du wenigstens einen Grund, mich zu besuchen."

Menschen waren kompliziert. Selten sagten sie das, was sie meinten. Aber diesmal war es nicht von Bedeutung, denn die Frau verstand auch ohne Worte, was der Farbenmann dachte. Ich erkannte es am Leuchten in ihren Augen.

Nachwort

„Schreib doch über Luna", meinte meine damals fünfjährige Tochter, als ich ihr von meinem Plan einer Weihnachtsgeschichte erzählte.

„Das ist zu traurig", schob ich die Idee beiseite. Luna und ich, wir waren uns mehrmals bei meinen Spaziergängen rund um den Wasserturm begegnet. Die Katze hielt sich immer in der Nähe eines Restaurants auf. Sie war gut genährt, das Fell glänzte, sie schien keine Not zu leiden.

Längere Zeit hatte ich Luna nicht wiedergesehen, bis sie an einem Tag im Spätsommer laut maunzend aus einem Gebüsch am Wasserturm auf mich zukam. Sie war abgemagert, ihr Fell hatte kahle Stellen. Mit ihrer Bissverletzung im Nacken und den vielen Zecken war sie in einem erbärmlichen Zustand. Luna folgte mir ein Stück weit auf unser Wohngebiet zu, dann blieb sie zurück. Bei meiner Rückkehr ins Haus, als es draußen schon dunkel war, erzählte ich meinem Mann von der Katze. Mit dem Wagen fuhr er zu ihr, gab ihr Futter und brachte es nicht übers Herz, sie zurückzulassen. Er packte sie mit seiner Jacke, transportierte sie in einen unserer Kellerräume. Er war derjenige, der ihr den Namen „Luna" gab.

Wir fuhren Luna zum Tierarzt in der Hoffnung, er würde einen Chip finden. Luna hatte keinen Chip. Ihre Tätowierung war teilweise nicht lesbar, doch zeigte der Code an, dass sie aus dem Raum Bonn kam, das war eine Entfernung von rund 150 Kilometern.

Alle Anrufe bei Tasso, dem Haustierregister, Inserate bei Webseiten, die sich um verlorene Haustiere kümmern, Anrufe im Tierheim und in der Umgebung aufgehängte Zettel führten zu keinem Ergebnis. Der Besitzer blieb unauffindbar.

Gerade die Kinder hatten Luna lieb gewonnen, kümmerten sich um sie, spielten mit ihr, streichelten sie und begrüßten Luna als erstes, wenn sie aus der Schule kamen. Anfangs war Luna so schwach, dass sie keine Treppen steigen konnte. Sie wurde zusehends kräftiger.

Sie hätte gut in unsere Familie gepasst ... doch sie war alt und trotz der Hilfe des Tierarztes und unserer Pflege erlitt sie nach wenigen Wochen einen Krampfanfall und starb am folgenden Tag.

Ein Text über Luna? Das ist zu traurig.

„Was, wenn du schreibst, dass Luna eine junge Katze war?" Meine Tochter ließ nicht locker. „Sie kann in der Geschichte Katzenbabys haben."

In mir fing es an zu arbeiten. Und so habe ich mir die Freiheit genommen, die Geschichte von Luna umzuschreiben.

über die Autorin

Heike Fröhling wurde 1971 in Unna geboren. Sie studierte Schulmusik, Germanistik und Musikwissenschaft. Nach einjähriger Tätigkeit im Schuldienst arbeitete sie als Referentin in der Hochbegabtenförderung und lebt nun mit ihrem Mann, drei Kindern und fünf Katzen als freischaffende Autorin in Koblenz und Wiesbaden. Ihre Verlags-Veröffentlichungen reichen von Heftromanen, Kurzgeschichten, Jugendbüchern zu literarische Erzählungen und Romanen.

Durch den Verkaufserfolg und die große Resonanz ihres selbst herausgebrachten Psychothrillers „Am Anfang war die Stille" unter dem Pseudonym Leonie Haubrich hat sie sich auch als Selfpublisherin einen Namen gemacht.